「王様に永遠の忠誠を」

「……仕込みじゃないだろうな」

動悸を抑えながら、それだけ言うのが精いっぱいだった。

王様のデセール

—Dessert du Roi—

妃川　螢

Illustration
水貴はすの

NOVELS

この物語はフィクションであり、実在の人物・団体・事件等とは、いっさい関係ありません。

Contents

王様のデセール
—Dessert du Roi—

1

昼間、甘い香りが満ちる店内に、いまは淫靡《いんび》な熱がこもっている。

落とされた照明下、店の奥のソファ席で、早瀬比呂也《はやせひろや》はギャルソンエプロンを乱され、白シャツをはだけられた恰好《かっこう》で、後ろから穿《うが》たれていた。

自分より大柄な男に組み敷かれる快感を知ってから、もう半年ほどが経《た》つ。その間に比呂也の身体《からだ》を拓《ひら》いたのは後ろの男ひとりだが、その密度はあまりにも濃すぎるものだ。

パティシエコートに包まれた屈強な肉体は、およそ甘い香りに似つかわしくない。

一見無骨そうに見える指先は、宝石のように美しいスイーツを生み出す繊細さを持っていて、その器用さは比呂也の肌を暴く行為にも、その才覚をいかんなく発揮する。

ここが店で、閉店後の後片付けと翌日のための仕込みの途中であることを除けば、この快楽に溺《おぼ》れることに、なんら問題はない。

「う……んっ、は…ぁ、あぁ……っ！」

たくしあげられたシャツの下、ぷくりと起《た》った胸の突起を嬲《なぶ》られ、大きな手に先端からしとどに蜜《みつ》を零《こぼ》す欲望を擦《こす》られて、短い期間にすっかり慣らされた肉体が焦燥を訴える。淫《みだ》らに腰が揺れて、比呂也は自身を嬲る大きな手に、自分の手を重ねた。

後ろの男に先を促《うなが》すように首を巡らせると、苦しい体勢で口づけられる。

「……っ、…んんっ」

喘《あえ》ぐ声をも奪う深く貪《むさぼ》る口づけが、昂《たかぶ》る肉体を絶頂へと追い上げた。

「——……っ！」

しなやかな肉体を戦慄《わなな》かせ、比呂也は自身を嬲る手に白濁を吐き出す。直後、身体の深い場所で、攻める男の欲望がドクリと震えた。

「は……あっ、あ……」

最奥《さいおう》を汚される快感が、喉《のど》を震わせ、甘く掠《かす》れた声をあふれさせる。

快楽の余韻を味わうかのように、しなやかな肉体が戦慄き、内壁をきつく絞り上げる。背後の男——野島孚臣《のじまたかおみ》が、悩ましい吐息を零した。

大きな手が肌を這《は》う。その心地好《よ》さを味わいながらも、比呂也は手前勝手な不服を申し立てる。

「も……抜け…よ」

足りないならまたあとで、ちゃんとベッドの上ですればいい。なにも店の片隅で、忙《せわ》しなくまぐわう必要はないのだ。自分たちは、店の二階の住居で、一緒に暮らしているのだから。——義兄弟として。

「誘ったのはそっちだろうが」

多少不服そうに言いながらも、孚臣は身体を離す。その刺激に甘く喉を鳴らすものの、余韻もそこそこに、比呂也は乱された着衣を整えた。

「いますぐここで襲えなんて、俺は言ってねぇよ」

都合よく受け取って、襲いかかってきたのはそちらだと、情緒のかけらもうかがえない声音で返す。

「そうだったか？」

比呂也の不服を平然と受け流して、孚臣はソファ席に背を沈ませる比呂也の二の腕を摑《つか》んで引き上げる。そして、リーチの長い腕に囲い込むように抱き寄せて、唇に軽いキスを落とした。

思わず目を瞬《またた》いて、間近にある男の顔をまじまじと見やる。だが何を言っていいかわからず、比呂也はひとまず話を戻すことにした。

「試食」

閉店後の店で、オーナー店長とパティシエがなにをしていたのかといえば、明日の仕込みと新作スイーツの試食だ。

「……情緒のないやつだな」

キスを深めようとしたところで現実的な話を持ち出された孚臣は、ひとつ嘆息して身体を離す。

「あってたまるかよ」

毒づく比呂也の声は、厨房《ちゅうぼう》に消える背に届いているのかいないのか。

ややしてテーブルに給仕されたのは、新鮮なフルーツをたっぷりと使った季節限定のタルト。ソースとエディブルフラワーを飾って、美しい一皿に仕上がっている。

比呂也の口許《くちもと》が満足げに綻《ほころ》ぶ。

「見た目は合格だな」

オーナーの目で初見の印象を口にする。

「味も満点のはずだ」

オレサマなパティシエは、口許に不遜《ふそん》な笑みを浮かべ、自信をうかがわせる声で言った。


女性向け情報誌で特集を組まれることも多いお洒落《しゃれ》な街の、駅から少し外れた場所。知る人だけが足を延ばしてくる、拘りのパティスリーがある。

《patisserie《パティスリー》 la《ラ》 santé《サンテ》》——la santé とは、フランス語で健康を意味する。

ただ美味《おい》しいだけでなく、身体にいいものを食べてほしい。

それは、病気で両親を亡くした経験を持つ比呂也の願いで、両親の死をきっかけにサラリーマン生活に終止符を打ち、この店を開店したことからも、その意気込みがうかがえる。

店を切り盛りするのは、オーナー店長でありホール係でもある比呂也と、パティシエの孚臣、そして製菓学校からの依頼で受け入れている、下積みの研修生が常に数人。多忙時には、比呂也の姉が店を手伝ってくれている。

偏食がひどかった幼いころ、比呂也に野菜を食べさせるために、母は苦心してニンジンケーキやカボチャのプリンといった、野菜を使ったおやつを手づくりしてくれた。その影響で、比呂也は甘いものが大好きになった。

だが、とくに比呂也が十代のころには、スイーツ男子なる造語もない時代で、少年がひとりでスイーツを食べ歩くのはもちろん、ケーキを買いに話題の店に足を向けるのも、気恥ずかしさはいなめなかった。

スイーツ男子なる言葉ができるずっと以前から、男に存外と甘いもの好きが多いことは、実は知られた事実ではあったけれど、世間の風潮というかなんというか、彼女連れや集団でならまだしも、ひとりで甘いものを食べ歩くのはなかなかに困難だったのだ。

そんな時代の風潮のなかでも、比呂也はスイーツ好きを隠さなかったし、むしろ女の子たちを連れてテレビや雑誌で話題の店を食べ歩いた。

社会人になってからは、時間が読めないのもあってひとりで行動することが多かったけれど、このころになると、ひとりでふらりとパティスリーに立ち寄るのにも慣れきって、周囲の目など気にならなくなっていた。

だが、あくまでも比呂也は食べる専門。つくろうとはしない。

人気のパティスリーがお菓子教室も開いているというので、足を向けたこともあったが、のめり込むどころか、自分には向いていないと自覚させられたにすぎなかった。

プロをも唸《うな》らせる舌を持つかわりに、比呂也には繊細なスイーツを生みだす器用さが備わっていなかったのだ。

きっちりと計量をする必要のない家庭料理は問題ないのだが、化学反応を利用したお菓子づくりは、感覚で生きるタイプの比呂也の範疇《はんちゅう》ではなかったということだろう。

だが、それならそれで、食べることを楽しめばいいと思っていた。

美味しいスイーツを食べること、探すことが、多忙な日々の息抜きだった。美食家の父と料理好きの母の血が、比呂也には色濃く流れていたのだ。

父母も、どこそこの蕎麦《そば》が美味しいと聞けば高速道路を車を飛ばして食べに行ったり、わざわざ新幹線に乗ってシェフ拘りのビーフシチューを食べに行ったり、シーズンになれば最高のウニを食べるためだけに礼文《れぶん》島くんだりまで旅行に行ったりと、食べることには労力を惜しまない人たちだった。

家での食事も、素材にまでこだわったものが常にテーブルに並んでいた。米はもちろん、味噌《みそ》や醤油《しょうゆ》といった調味料類に至るまで、主に父の目で選んだ逸品を使って、母はいつも手の込んだ料理をつくってくれていた。

ところが、父母が病に倒れて生活が一変した。

美食が病気のもとになることを、知識として聞きかじったことはあっても、この日まで真に理解してはいなかったし、自身や身近な人の身に降りかかるものでもないと思っていた。

現代医学はもっと万能だと思っていた。

けれど、父母があっけなく亡くなって、比呂也は思い知らされたのだ。対症療法には限界があるということを。

何が健康をもたらすのか。

その疑問に憑《とりつ》かれ、さまざま調べまくって、辿《たど》りついた結論が、食事。食べるものが人間の身体をつくっている事実。

だが、もたらされる結果に納得はしても、その見た目や味に、比呂也は納得できなかった。

健康のために提案される食生活は、概して質素で色味も地味で、素朴な美味しさはあるものの、ドキドキ感やワクワク感とは無縁だ。

とくにスイーツは、どれも似たような味だったり、見た目も華やかさがなくて、よほど強い意志のもとに食生活を管理している人でもない限り、わざわざお金を払ってまで食べたいとは思わないだろう。

少なくとも比呂也には、そう感じられた。

だから、美味しくて健康にもいいスイーツの食べられる店を開くことを決意した。

もっとワクワクドキドキできて、でも健康にもいい、美味しいスイーツを提供できる店が開けないかと考えたのだ。

ヘルシーさを前面に押し出すのではなく、煌《きら》びやかなスイーツを普通に食べていても、身体に悪い食材を口にしないですむ、何気なく日常に取り入れられる、そんな店だ。

だから、店の名前の由来も、とくに掲げはしなかった。客に聞かれたら答えるだけだ。

仕事を辞めて、蓄えと両親の残してくれた保険金を注《つ》ぎ込んで、店を開いた。姉は、思うようにやってみればいいと応援してくれた。

自分の考えに共感してくれる腕のいいパティシエを捜して、なんとか開店に漕《こ》ぎつけた。

店は瞬く間に評判になった。

味はもちろん、店のコンセプトや雰囲気、そして駅から少し離れた場所にある隠れ家《が》感が、時流に乗って成功を呼び込んだのだ。

だが、比呂也がオーナーパティシエであれば起きない問題が、オーナーとしてパティシエを雇い入れている限り、避けては通れない問題として横たわっていた。開店当初からの懸念であったそれは、開店から一年を待たずに襲った。パティシエが、自分の店を持つために辞めたいと言い出したのだ。

なんとか引きとめようとしたが、田舎に帰って、自然のなかで店を開きたいという彼の夢を、止めることはかなわなかった。父親が病に倒れたという境遇も、比呂也の口を閉じさせた。傍《そば》にいたいだろう気持ちが、痛いほどにわかったからだ。

早急に、新しいパティシエを捜さなければならなかった。

だが、容易ではないと思われた。開店時にパティシエを捜したときにも、かなりの苦労があったのだ。比呂也のコンセプトを理解してくれるのはもちろんのこと、それをかたちにできるだけの腕がなければ意味がない。

何より、急に味が変われば、客が去ってしまう危険性もある。これまで以上にクオリティの高いものを提供しなければ、客は納得しない。

一時的に閉店するしかないのだろうか。

そんな諦《あきら》めの気持ちに駆られていたとき、偶然の出会いはもたらされた。

けれど、それがよかったのか悪かったのか、実のところ答えは出ていない。店にとっては、間違いなく幸運といえる出会いだった。だが比呂也個人にとっては……。

——なんであんなことしちまったかな、俺。

身体の中心に残る熱を自覚しつつ、ふとある瞬間に考える。

一度きりだと思ったから、はめをはずしただけだったのに。よもや一緒に働くことになって、しかもいったいどういう運命のいたずらか、姻戚《いんせき》によって義兄弟になってしまうなんて。

「満足そうだな」

それこそ満足そうな声に意識を引き上げられ、比呂也はフォークを口に運ぶ手を止めて、顔を上げる。

向かいの椅子《いす》に腰を下ろして足を組み、頬杖《ほおづえ》をつく男の端整な顔が、すぐ間近にあった。つい数十分前まで見せていたケダモノじみた牡《おす》の表情などどこへやら、すっかり腕っこきパティシエの顔をしている。

「悔しいけど美味《うま》いな」

降参だ、と肩を竦《すく》める。

サックリとしたタルト生地は、上にのせるフィリングとフルーツに合わせて、使う粉の配合から変えられている。甘いだけではないフィリングには多少クセのあるスパイスが使われているが、フルーツと一緒に口に入れると、それが思いがけず素材の味を引き立てるのだ。

「じゃあ、来月からメニューに――」

「ダメだ」

課題をひとつクリアしたとばかりに腰を上げようとするのを、短い言葉で止める。なんだ？と訝《いぶか》る顔をする天才パティシエに、比呂也はニヤリとした笑みを向けた。

「皿」

指先でとんとんと、新作スイーツの盛られた皿の端を叩《たた》く。

「無地のスクエア型を使おう。そのほうがプレーティングが栄える」

スイーツに求められるのは、美味しさだけではないのだ。美しいプレーティングも店の雰囲気も、合わせるドリンク類も、すべての相乗効果で味がより際立つ。

「了解だ。オーナー」

たしかに比呂也の言うとおり、スクエア型の皿のほうがこのプレーティングに合うと、孚臣が納得顔で頷《うなず》く。

「あとはネーミングだな」

新作スイーツにどんな名前をつけるのかも、売上に大きくかかわってくる、重要なポイントなのだ。

「その点はおまえのほうがセンスがいい。いつもどおり適当に考えてくれ」

この店を開くまで、数多くのパティスリーを巡って、何百というスイーツを食べ歩いた比呂也のほうが、客の心理はよく理解している。

「言われなくとも考えるさ。女性客にウケそうなやつを」

貴様にそんな期待はしていないと返すと、孚臣は眉間《みけん》に軽く縦皺《たてじわ》を刻んだ。

「天然でたらし込むなよ」

また面倒に巻き込まれるぞ、と指摘を寄《よ》こされる。ふたりの出会いのきっかけになった事件のことを言っているのだ。

「面倒、ね……」

何をもってして面倒と言うのか。

patisserie la santé

そんな気持ちで、使い終わった皿とカトラリーを手に腰を上げる。厨房の業務用食器洗浄機に傷をつけないように丁寧に入れて、あとは機械任せだ。

するると、スルリと腰に絡んでくるリーチの長い腕。

「……？　なんだ？」

「さっきのつづきだ。——風呂でするか？」

背後を振り仰いだ比呂也の耳朶《じだ》に落とされる、抑揚の少ない誘いの言葉。

「……情緒がないのはどっちだよ」

もう少し色っぽく誘ってみろよ…と、冗談でしかない言葉を、濃い呆《あき》れの滲《にじ》む声音で呟《つぶ》く。

——恨むぜ、姉貴。

一夜限りのことだと思って身体を許した相手を、その腕に惚《ほ》れ込むあまり雇ってしまったのがそもそもの間違いだったわけだが、一緒に働きはじめて数カ月、よもや義兄弟になる日がこようとは……。

なんでよりにもよって孚臣の兄貴と結婚するかな…と、自分とこの店が姉夫婦のキューピッドになった事実を棚上げして、比呂也はウンザリと嘆息した。

2

時間は半年ほど遡《さかのぼ》る。

その日、早瀬比呂也《はやせひろや》が野島孚臣《のじまたかおみ》と出会ったのは、本当に偶然だった。


オープン以来、思いがけず順調に経営できていた《patisserie la santé《パティスリーラサンテ》》だったが、パティシエを失う危機に面して、比呂也は手詰まり感に陥っていた。

業界紙に求人を出したり、知り合いに紹介を頼んでみたり、あれこれ手を尽くしたものの、これはという人材に巡り合わない。

辞表は受理したものの、せめてもう少し時間的猶予が欲しかった。辞めると心を決めてしまった相手をひきとめる術《すべ》はないが、店にとっては痛手だ。

こういうことがあるから、オーナーシェフやオーナーパティシエといった肩書で店を切り盛りする人が多いのだろう。オーナーでありながらも厨房に立っていれば、ソロバンをはじく経営者との意見の相違に悩むこともないし、今現在比呂也が直面しているような問題にぶつかることもない。

それを承知で店を開いたのだが、しかしこんなに早くに問題にぶつかるとも思っていなかった。ありえるとすれば、年単位の時間がすぎてからだろうと思っていたのだ。

だが事実、《patisserie la santé》はチーフパティシエを失って、一時的な閉店の危機に瀕《ひん》している。

だからといって、妥協して人を雇い入れることはできない。比呂也の高い理想をかたちにできるだけの腕がなければ意味がない。

逆に言えば、それだけの腕を持つパティシエなら、自分の店を持つことも可能なわけで、わざわざ雇われパティシエをやろうとする人も少ないのだ。

手詰まり感いっぱいで、苛々《いらいら》も頂点に達していたこの日、比呂也は息抜きのために街に出た。最近になってテレビや雑誌で頻繁に名前を見かけるようになったパティスリーの味見に出かけたのだ。

自分の店を持ってからは、以前ほど食べ歩きに出かけられなくなっていて、新規開店の店の開拓も、なかなか思うようにできていなかった。

このころ、比呂也をイラつかせていたのは、一向に光明の見えないパティシエ捜しにかかわる問題だけではなく、外出を躊躇《ためら》う気持ちもあったのだが、いかんせん精神的に限界だった。美味しいものを食べたい。作り手の気持ちに触れたい。そんな欲求を抑えきれなくなっていた。

店名に名を冠したパティシエは、それまで聞いたことのない名前だったが、これほど評判になるのには、何かしらの理由があるに違いない。比呂也は久しぶりに高揚した気持ちでその店を訪れた。

インターネットの口コミサイトでも、なかなか悪くない評価だった。賛否両論あるのはしかたない。店に足を運ぶ人が増えれば口コミの件数も増えるが、同時にさまざまな嗜好《しこう》の人の口に入ることにもなる。

ところが、期待した店の味は、比呂也の舌を満足させるものではなかった。

まず、素材がよくない。素人の舌は誤魔化《ごまか》せても、比呂也の舌は騙《だま》されない。安い精製小麦に精製白砂糖、加工品を仕入れていると思《おぼ》しきフルーツやナッツ類、艶《つや》のないチョコレート。

メニューには、AOC認定された有名ブランドの発酵バター使用と書かれていた。だが、いかにバターの品質がよくても、ほかが同レベルでなければ意味がない。

何より、一から手づくりするのではなく、すでに加工された素材を仕入れて使っているためだろう、食品添加物特有の、嫌な後味が不快だ。

見た目は華やかだった。そして、食品添加物に慣れた現代人の舌は、その不自然さを感じるより先に、慣れた味に安堵《あんど》を覚える。評判が悪くない理由は知れた。だが、本物を求める人には見抜かれる。

――長くはもたないだろうな。

美味しくないクランブルタルトとフランボワーズムースを、それでも綺麗《きれい》に平らげて、嫌な後味を、これも煮詰まった苦いだけのコーヒーで胃に流し込みつつ、比呂也は店内を観察した。

フロアに出ている女性店員はアルバイトのようだが、なかなかこなれている。接客も合格点だった。

女性客が多いが、男性のひとり客の姿もある。

自分のようなやつがほかにもいるのかと、少しの驚きとともに難しい顔でスイーツを口に運ぶ男性客の横顔をつい観察してしまったのは、その相貌が思いがけず端正だったから。ワイルドさ際立つ容貌は比呂也の比ではなく女性客の多い店内で目立って、目を奪われる。だが、あまりジロジロ見るわけにもいかず、興味を惹《ひ》かれつつも視線を外した。

モダンでシンプルな内装だから、男性ひとりでも存外と入りやすいのかもしれない。その点は、参考にさせてもらおう。

店のつくりは悪くない。見た目の問題だけでなく、空間の使い勝手もいい。きっと金をかけて有名な建築デザイナーに発注したのだろう。路面店だからはじめての客でも入りやすいし、とくに女性客が引き込まれるのもわかる。

内装から接客まで含めた、店全体の雰囲気は悪くなかった。それは客を呼ぶための重要な要素だ。だからこそ、比呂也の目には「惜《お》しい」と映った。

結局は味の勝負。不味《まず》いものは淘汰《とうた》される。その場の雰囲気を楽しむことはできても、リピーターがつかないからだ。

いっときメディアの注目を浴びても、実力がともなわなければ話題性だけで終わってしまう。飲食業界は浮き沈みが激しく、入れ替わりも早い。しかも昨今の経済不安から、一般家庭が外食にかける金額は減る一方で、どこも生き残りに必死だ。

だからこそ、本物でなければつづかない。

だからこそ、納得のいく腕を持ったパティシエを捜さなければ……。

反面教師。結局、堂々巡りの基点に戻ってしまって、比呂也は深いため息をつきつつ腰を上げた。せっかく気分転換のために出てきたのに、余計に疲労感が増した気がする。

口直しに、絶対に美味しいとわかっているパティスリーにまで足を運ぼうか。

それとも静かなバーで少し呑《の》んでから帰ろうか。

いずれにせよ、なんらかのかたちで苛々を発散させないことには、行き詰まった思考をリセットできそうにない。

そんなことを考えつつ、精算をすませて店を出る。

駅までの道を辿る途中で、それに気づいた。

視線の先に捉えた人影。

またもため息。なぜ問題というのは、一度に重なって降りかかるのだろう。

こちらもまた、昨日今日襲った問題ではなかった。店をオープンさせた当初から抱えている案件だ。とくにここしばらく、外出を躊躇《ためら》う気持ちにさせられていた要因がこれだった。

常連客といえば響きもいいが、度がすぎれば嫌がらせと紙一重。

通りの少し先、街路樹の隙間に設置されたベンチの前に佇《たたず》む女性の姿があった。《patisserie la santé》オープン当初からあししげく通ってくれる女性客だ。

だが、なにごとにも限度というのがあって、開店前から店内を覗《のぞ》き、連日姿を見せるだけでも決して気持ちのいいものではないというのに、閉店後も店の外をうろつかれ、果てには皿の下に手紙を忍ばされたり精算時に携帯電話番号入りのオリジナル名刺を札と一緒に渡されたりといったことが繰り返されれば、もはやストーカーといっていい。

比呂也の店は、駅までの道筋から少し外れた場所にあって、その近所に住んでいる人でもない限り、ふらりと立ち寄れる立地ではない。だが彼女は、わざわざ電車に乗って店に通ってきている。本人が話していたから間違いないだろう。

それでも、店では騒ぐようなこともなく、静かにいつも同じスイーツを食べ、同じ紅茶を飲んで、ちゃんと支払いもして帰っていくから、警察に相談もできない。たとえ開店から閉店まで居座られることがあったとしても、だ。

その女性と、《patisserie la santé》があるのとは、まったく違う路線の駅前で出くわす確率がどれほどあるものか。スイーツ好きなのだろうから、たった今、比呂也が出てきた店に食べに来たと考えられなくもないが、だったらこんな場所に佇んでいる必要はない。

あいさつくらいはするべきか、それとも気づかぬふりで通り過ぎるべきか。

考えたのはわずかな時間で、比呂也は面倒事を避けて通ることを選択した。今の精神状態では、愛想笑いすらつらかったのだ。

女性の前を、気づかぬふりで通り過ぎる。

すぐさま、ヒールの音が追いかけてきた。低めの安定したパンプスの立てる音は、ピンヒールのそれよりずっとおだやかなのに妙に耳障りで、比呂也は歩調を速めようとする。そのタイミングを狙《ねら》ったように、女性が前に回り込んできた。

「早瀬さん！」

店では制服の胸元にちゃんと名札をつけているし、オーナーとして名前も出ているから、常連客には名前で呼ばれることもある。

名を呼びかけられてしまっては気づかぬふりもできなくて、比呂也はしかたなく足を止めた。

「どなたかと思えば、お客様でしたか……こんなところで奇遇ですね」

今気づいたとばかりに笑みで返せば、女性客はパァッと顔を綻ばせた。その笑顔が病的に見えるのは気のせいだろうか。

「そこのお店、いかがでしたか？　何をお召し上がりになられたんです？　私も行ってみようかしら」

そして、きっと彼女は、比呂也と同じスイーツをオーダーして、同じコーヒーを飲むのだろう。

想像した途端、背筋が寒くなった。

「あの……」

「今度はどちらへ？　私もご一緒したいわ」

「いえ、その……」

「私、ご迷惑かしら？」

わかってんなら消えろ！　と、言いたい気持ちをぐっと呑み込んで、なんとか誘いを断ろうと試みた。

が、そもそも空気が読める人間ならストーキングなどしないわけで、同じ日本人《にほん》といえども、曖昧《あいまい》なニュアンスを汲《く》み取ってくれるはずもなく、比呂也のやんわりとした断りのセリフはことごとく聞き流された。

事実がどうあれ、下手《へた》な噂《うわさ》を流されたら店は終わりだ。一昔前の週刊誌やスポーツ新聞の影響力の比ではない。

インターネットなどを駆使した口コミが、今は火のないところに煙を立てる。もちろん、生の声を聞くことができるのもインターネットの強みだが、一方で無責任な匿名の発言によって、窮地に追い込まれた店の実例もある。

だから、強い態度には出られない。

警察沙汰《ざた》など、どうにもならなくなってからの最終手段だ。居酒屋やバーなど、アルコールを出す店だったら、もっととんでもない事態が日々起こっているに違いない。そうした騒ぎに慣れきった警察は、そもそも相手になどしてくれない。

「私、早瀬さんと《patisserie la santé》の大ファンなんです。私にお手伝いできることはないのかしら」

「お気持ちは嬉《うれ》しいのですが……」

ただでさえ苛々していたところへ、もはや我慢も限界だった。いいかげんにしろ！　と怒鳴りたい気持ちを抑えるだけで精いっぱいだ。

参ったな…と、胸中で嘆息を零したときだった。

視界の端に映ったのは、記憶にある顔。歩道を歩き出そうとして、向こうも比呂也に気づいて足を止める。

――たしか、さっきの店で……。

記憶が繋《つな》がった。比呂也が落胆とともに出てきた店で、比呂也ともうひとりだけ、男性のひとり客がいた。その男だ。

真剣な顔でスイーツを口に運んでいた。こいつもそうとう甘いものが好きだな…と、胸中で呟いて、声をかけたい衝動に駆られたものの、期待した味への落胆とともに疲れがいや増して、その気力もないままに店を出てきてしまったのだ。

それに、比呂也が《patisserie la santé》のオーナーだと、あの店内でバレるのも避けたかった。店内で知り合いでもない客に声をかけ、スイーツ談義になど花を咲かせようものなら、いやでも注目を浴びてしまう。

その男と、目が合った。

瞬間、比呂也の脳裏に、悪戯《いたずら》心とともに、執拗《しつよう》なストーカーをやり込める案が閃《ひらめ》く。

同時に、先の店で果たせなかった希望——男とスイーツ談義に花を咲かせたいというもの——もかなえられるかもしれない妙案だ。

比呂也は、ストーカー客を無視して、立ち止まったまま怪訝《けげん》そうな顔をしている男に大股《おおまた》で歩み寄った。

「よお、奇遇」

間近に立って、声を潜め、「悪いけど、話を合わせてくれ」と頼む。男は、背後の女性客と比呂也の顔とを視線だけを動かして見やったあと、眼差《まなざ》しで頷いた。

「なんだよ、連絡くれればいいだろ？」

「忙しいと思ったんだ。また食べ歩きをしてるのか」

男は比呂也の意図を汲み取って、すぐに話を合わせてくる。かなり頭の回転の速いタイプのようだ。

これならやりやすいと判断して、比呂也は男の肩に手を添え、しなだれかかるようにして、つくりものの会話に花を咲かせる。

「息抜きしようと思ってさ、出てきたんだけど、逆に疲れたよ」

「車で来てるから、送ってやる」

それで？　話をしていたお嬢さんは誰なんだ？　と、少し厳しい表情で問う。打ち合わせも何もしていないのに、脚本の方向性もバッチリだ。これほど息の合う相手もあまりいない。

「前に話しただろ？　店の常連さん。偶然会ったんだけど、誘われちゃって……」

怒るなよ、と女性客に聞こえる程度に声を潜める。

女性客の顔が、実にわかりやすく歪《ゆが》んだ。

よし、もう一押し！　と、比呂也は男の腕をとって、女性客の脇《わき》を通り過ぎようとする。唖然《あぜん》としていた女性客が、「待って！」と悲鳴のような声を上げた。

「だ、誰なんですか!?　そのひと……っ」

なぜそんなことを教えなくてはならないのか、知らされて当然という顔の女性客に不快さが増したが、だからこそそのストーカーだと自分を納得させる。

「誰って……」

さて、どこまで脚本を広げたものか。

店に妙な噂を立てられても困るが、かといってこれ以上しつこくされても、今度こそ警察に相談するよりなくなってしまう。それは避けたい。

比呂也が思案したのは短い時間だったが、その間にも女性客の表情が険しくなる。騒がれても困ると、思ったタイミングだった。

「こいつに興味があるのなら、諦めてくれ」

傍らの男が、低い声で女性客を威嚇した。

おいおい、話をどこへ持っていくつもりだ？　と思っていたら、大きな手が比呂也の頤《おとがい》を捕らえた。

——……え？

なんだ？　と思ったときには、唇を生温かい何かがおおっていた。それが男の唇だと気づいて驚愕《きょうがく》に目を見開くものの、まっすぐに絡み合った眼差しの向こう、男の目が訴えるものに気づいて、咄嗟《とっさ》に肩を押し返そうとした手から力を抜く。

視界の端で女性客の様子をうかがえば、今にも悲鳴を上げそうな青褪《あおざ》めた顔で、両手で口許をおおい、目を見開いている。信じられない、といった表情だ。

口づけが深まった。

「……んんっ」

思わず喉が鳴る。

——こ…の、バカっ、本気で……。

かなり濃厚に仕掛けられて、比呂也はポーズのために男の肩に添えていた手に、本気で力を込めざるをえなくなった。

身体が密着する。男の腕が腰にまわされる。

口づけがより深まって、頭の奥から水音が上がる。

ここは往来だ。しかも、多くの人が行き交う、駅に近い場所。

そんな場所で、男同士のラヴシーンなんて、公然猥褻《わいせつ》罪に問われるのではないか、などとくだらない疑問が過《よぎ》るのは、うっかり与えられる口づけに溺れてしまっている自分を認めたくないからか。

一見して無骨そうなタイプに見えたのに、男の手管はまさしく舌を巻くものだった。

同性に口づけられる嫌悪感など湧《わ》く間もないほどに、瞬く間に抗《あらが》いがたい熱に支配され、状況も忘れて応えてしまいそうになる。

だが、それでもかろうじて、比呂也には女性客の様子を観察する余裕があった。

気持ち悪い！　と罵声《ばせい》のひとつでも残して走り去ってくれることを期待したのだが、刺激が強すぎたのか、その場に固まっている。

ややして口づけが解かれて、比呂也は不覚にも膝《ひざ》が頽《くずお》れそうになった。それを、逞《たくま》しい腕が支えて、はからずも広い胸に抱き込まれる恰好になってしまう。

「こういうわけだ。こいつのことは諦めてもらおう」

そう言い捨てて、男は比呂也の身体を抱えるようにして、悠然と歩道を歩きはじめる。

驚愕の光景に目を留めていた通行人たちが、慌てた様子で視線を逸《そ》らしたり、足を速めたりして、かろうじて日常の風景が戻ってくる。

だが、肩を寄せ合って歩く大柄な男のふたり連れと、そのあとを、少し離れて追う女性の姿だけは、どこか非日常的な光景だった。

「諦めてないな、あの女」

「……かんべんしてくれ」

零れた声は、呂律《ろれつ》がまわっていなかった。口づけが濃すぎて、舌が痺《しび》れているのだ。

やりすぎだと文句を言うのはあとでいい。ひとまずは、追いかけてくる女性を、なんとかして追い払わなければ。

「しかたないな」

そう呟いて、男は比呂也の腰を抱いたまま、駅裏へと足を向ける。南口側の華やかな印象とは一変、そこは飲み屋やクラブが立ち並ぶ、夜の街だった。だがネオンも灯《とも》らないこの時間に見ると、なんとも寂《さび》れて感じられる街並みだ。

こういう街並みの奥には、また違った顔が潜んでいる。

案の定、男はアーケードをつっきって、飲み屋街の奥にある一角へと足を進めた。

ふいに現れる、カラフルな壁。その隣はシックな外観で、しかし掲げられている看板にはいかがわしいネオン。さらに奥には、白を基調とした城のようなつくりの建物もある。——早い話がホテル街だ。

そのなかの一軒に、男はまっすぐに足を向けた。いつも使っているホテルがあることを印象づけるにはいいのだろうが、本当に入る気だろうか。それ以前に、男同士で入れるのか？

ホテルに入る直前、背後をうかがうと、少し離れた場所で女性客は足を止めている。しかたなく適当な部屋を選んで奥へと進めば、ようやくその足がじりっとあとずさり、ややして駆け去った。

だが、近くで待ち伏せしているかもしれない。

すぐに出て行けば、元《もと》の木阿弥《もくあみ》だ。

しかたなく比呂也は、男とともに部屋に上がった。当然はじめてではないが、久しぶりだ。

両親が病に倒れて、逝《い》ったあと、店の開店準備に取りかかった。開店後も今日まで、ほとんど休みなく働いていたから、仕事を辞めたときに付き合っていた相手と別れて以降、この手のこととはとんと御無沙汰《ごぶさた》だったのだ。

なんともいかがわしい雰囲気のなかではあるが、ひとまず言うべきことは言っておかなくてはと思い、男に向き直って、軽く頭を下げる。

「ありがとう、話を合わせてくれて」

助かったよ、とホッと肩の力を抜く。

「あの女、ストーカーか？」

「ああ。まぁ…ね。いいかげんどうしたものかって、思ってたところだったんだ」

店のことまで話す気にもなれず、比呂也は適当に誤魔化しつつ頷く。比呂也が《patisserie la santé》のオーナーだとわかったら、望むような、忌憚《きたん》のないスイーツ談義はできなくなるかもしれないという懸念が働いたのもその理由だった。

「警察に相談したほうがいいんじゃないか？」

「実質、被害といえる被害は出てないし、女性ならともかく、男の俺がストーキングされてるんじゃ、警察は本気になんてなってくれないさ」

市民の安全を守るのが警察の仕事だけれど、民事不介入の大原則もあって、現実問題としてかならずしも味方ではない。

「色男の自慢話だと思われるのがオチだな」

たしかに…と、男は口許に薄い笑みを浮かべて頷く。

「だが、あの顔色を見る限りは、大丈夫そうだな」

熱烈なキスシーンを見せつけられた女性客は、ありえない…という表情をしていた。

「あんたにとばっちりがいかないといいけど……」

いまさらながらに、巻き込んでしまったことに不安を覚え、詫《わ》びる。あの手の輩《やから》は、ストーキング対象者が自分の思いどおりにならないとわかると、相手に恨みを募らせる傾向がある。場合によっては、その恋人や家族など、自分の行動を邪魔する相手に対して、その矛先が向くこともありうる。

「そこまで病んでるようにも見えなかったが……。俺のことはいいが、これでダメなら、そのときは警察に相談することだな。警察がアテにならないようなら、そういった相談を受けている弁護士事務所もあるだろう」

「そうするよ」

ウンザリぎみに応じて、ベッドにどっかりと腰を落とす。

冷蔵庫からミネラルウォーターのペットボトルを二本取って、男も比呂也の隣に座った。一本を手渡されて、喉の渇きを覚えていた比呂也は、ありがたくキャップを捻《ひね》る。よく冷えた水は、煮詰まった不味いコーヒーの後味を綺麗さっぱり洗い流してくれるほどに美味い。

生き返った気持ちでほとんどを飲み干して、キャップをしたペットボトルを手のなかで弄《もてあそ》ぶ。

「あんたさ、さっきの店にいただろ?」

向こうがペットボトルから口を離すタイミングを見て、比呂也は聞きたかったことをやっと口にした。

「ああ。おまえも、目立ってたな」

比呂也が覚えていたように、男も比呂也に気づいていたらしい。

「そっちこそ」

自分とは対照的に、無骨で硬派な雰囲気を持つ男がひとりでパティスリーにいたら、目立つなんてものじゃない。

事実、比呂也は店に入ってきた男の存在にすぐに気づいて、それから店を出るまでずっと、目の端に映していた。それは男も同じで、自分と同じ空気を感じ取って、互いに互いを気にしていたのだ。

「野島だ。野島孚臣」

男が、自己紹介をする。

「俺は早瀬比呂也。比呂也でいいよ」

比呂也も応じると、野島と名乗った大柄な男は「じゃあ、俺も孚臣でいい」と返してきた。

いささか気が抜けたためか場所を移す気力もなく、こんな場所でもいいか…という空気感もあって、ベッドをソファがわりに比呂也は会話を進める。

「甘いもの、好き？」

さっきの店には、評判を聞いて足を運んできたのだろう？　と問うと、孚臣は「まぁ…な」と、少し言葉を濁して頷いた。気恥ずかしいのだろうと、男の心情を理解しつつ、自分の経験を口にする。

「俺も。十代のころはひとりで店に入るの恥ずかしくてさ、よく女の子誘って行ってたんだ。もう今は全然平気だけど」

「お互いに店では浮いてたよな」と言うと、孚臣は「そうだったな」と、小さく声を立てて笑った。

「おまえなら、誘えばいくらでも女がついてきそうだな」

「そう言うあんたは怖がられてダメそうなタイプだな」

イイ男なのに、女性が敬遠しそうなタイプだ。クスクスと笑いながらそう言うと、どうせ…というように肩を竦めてみせる。だがその口許は笑っていた。

「あの店、どう思った？」

「言うまでもないんじゃないか？」

比呂也が落胆とともに出てきた店の味を問えば、微苦笑とともにそんな言葉が返される。

「どこかで口直しをしたい気分だ」

ペットボトルの水を飲み干し、孚臣は言葉を継いだ。そして、比呂也が気になったのと同じ点をいくつか指摘してみせる。

いわく、「使用素材の質の低さ」「加工食品を多用しているがゆえの食品添加物の後味の不快さ」「チョコレートを扱う技術レベルの問題」……比呂也は感嘆した。

「いい舌をしてるんだな」

そこまでわかるなんて、プロでもなかなかいないと言うと、「プロならわかってほしいところだが」と、比呂也の立場上、なかなか耳に痛い指摘を寄こされた。だが、この場で《patisserie la santé》の名を出す気はない。

「最近どこかお勧めはあるか？」

この男の眼鏡《めがね》にかなう店はあるのだろうかと興味を持って尋ねれば、「どうかな……」と思案顔で首を傾《かし》げられた。

「実は日本に戻ってきたばかりで、あまり知らないんだ」

数年ぶりの日本なのだと言われて、《patisserie la santé》の名が男の口から出ないかと多少期待する気持ちもあった比呂也は、いくらかの落胆と同時に安堵も覚えて、問いを重ねた。

「どこにいたんだ？」

仕事か？　と尋ねれば、孚臣は「ああ」と頷く。海外赴任でもしていたのだろうか。

「オーストリアからフランスに移って、海を越えてイギリス、最後にベルギーだ」

並べられた国名を聞いて、比呂也は目を輝かせた。

「スイーツの本場ばかりじゃないか」

羨《うらや》ましい！　と感嘆の声を上げる。会社員時代は、海外出張のついでに目をつけておいた店に足を運んだりもしたけれど、自分で店を持ってからは時間の自由が利かなくて、海外旅行とも御無沙汰なのだ。

覚えのある店の名前を二、三出して、今はどうかと尋ねれば、いくつかは比呂也が訪ねた当時のままのクオリティを保っているようだが、なかにはパティシエが変わって味が落ちてしまった店もあると返される。

やはりパティシエは重要なポイントだなと、比呂也は未解決のままの問題を思い出して、小さく嘆息した。

それに気づいた孚臣が、先のストーカー問題を気にしていると思ったらしい、気遣う言葉をかけてくる。

「あれで諦めないようなら、しばらく恋人同士のふりでもするか」

冗談めかした口調が、比呂也の口許にも笑みを運んだ。

「諦めてくれるのを祈ってるよ」

でないと、今後の店の経営にも影響しかねない。ただでさえ、パティシエ交代に絡むさまざまな危険性を抱えているというのに。

「けど、あれはやりすぎだろ？　往来だぜ？」

自分にそこまでのつもりはなかったのに、濃厚に口づけられてさすがに驚いたと、こちらも茶《ちゃ》化《か》した口調で言う。もう二度とこの街を歩けないではないか、と肩を竦めて訴えた。もちろん冗談だ。

すると孚臣は、じっと比呂也の顔をうかがって、それまでとは少し違う声音で言葉を返してくる。

「そのつもりでしかけてきたんじゃなかったのか？」

などと言われて、比呂也は目をぱちくりさせた。

「そのつもりって……、あんた、そっちのひと？」

そういう嗜好があるから、あのとき話を合わせてくれたのかと問うと、孚臣は「いや」と首を横に振りつつも、比呂也の問いかけを半ば肯定したも同然の返答を寄こした。

「けど、男も抱ける」

つまりは、異性も同性も、どっちもＯＫということ。風貌《ふうぼう》から受ける印象は硬派なのに、存外と奔放な一面を持っているようだ。

「それって、一番都合のいい言い分だよな。某有名司会者も言ってたぞ、『それはずるい』『どっちかにしろ』ってさ」

特別嫌悪感があるわけではない比呂也は、テレビに向かって大きく頷いた記憶を掘り起こしつつ、タレントの言葉を借りて指摘を投げた。

孚臣は「そうかもな」と、淡々とした声音で応じた。そして、「女しかダメなのか？」と、比呂也の嗜好を確認する。

「そんなに軽そうに見えるのかよ」

どっちもＯＫなんてずるいと、自分だって思っているぞ、と軽く睨む。

「怒るな」

喉の奥で小さな笑いを転がして、孚臣は「手厳しいな」と肩を竦めた。

「引く手数多《あまた》に見えるって意味だ」

男でも女でも放っておかないだろう。だからこそストーキングの被害に遭っているのではないかと言われて、比呂也は気恥ずかしさを隠すように茶化した。

「なんだよ、それ。口説かれてるみてぇ」

寡黙そうに見えるのに、存外と口が上手いんだなと笑う。そして、意外な一面を見せる男の顔を、下からうかがうように見やった。

「おまえさ、キス、上手いよな」

うっかりその気になりそうだったぞ、と意図的に軽い口調で言う。

「お気に召したなら光栄だ」

あんな肉欲的な口づけなどとは無縁に見える端整な口許が、ニヤリと男くさい笑みを刻んだ。

そして翳《かげ》る視界。

唇に触れる熱。

軽く触れただけでいったん離れた唇は、比呂也の言葉を容易《たやす》く奪い、次への期待を植えつける。

「興味があるんなら、試してみるか？」

そんな言葉とともに肩を押され、背中からベッドに倒された。

「……んっ」

今度は深く合わされて、路上で交わしたのより、さらに濃くねっとりと口腔《こうこう》を犯された。たちまち思考が痺れて、身体の力が抜ける。

快楽に弱いのは男の悪いところだな…などと、言い訳でしかないことを頭の片隅で思いながら、比呂也は孚臣の手管に溺れた。

丹念な口づけは、空間の淫靡さとあいまって、肉欲を焚《た》きつける。広いベッドと妙に視覚を焼く色味の照明、そしてのしかかる硬い筋肉の意外なほどの心地好さ。

気づけば孚臣の頭を引き寄せるように髪に指を滑らせていた。

会ったばかりの相手と何をしているのかと、問う理性の声が頭の片隅でたしかに聞こえているのに、それ以上の興味とわけのわからぬ熱とに焚きつけられて、先に進むことしか考えられなくなる。

無骨そうに見える大きな手が意外なほどの繊細さを見せて、比呂也の胸元をはだけ、露《あら》わになった肌を暴きはじめる。

その手が寛《くつろ》げられたウエストをくぐって局部に触れたとき、比呂也は反射的に上体を起こしていた。――が、のしかかる肉体に邪魔されて、途中で止まってしまう。

「ちょ……待て……っ」

男の肩を押しやりながら制止の言葉を口にしようとすると、「大丈夫だ」とあやすような声が耳朶に落とされた。

「はじめてだろ？　ちゃんと気持ちよくしてやる」

心配しなくていいと、唇に頬を擽《くすぐ》られる。

「なんか、すげぇヤな言い方」

男のプライドを傷つけられて、比呂也は眉間に皺を刻む。だが、無遠慮な手に局部を握られて、つづく言葉を呑み込んだ。

「……っ」

零れる吐息が熱を持っている。

その事実が、文句を口にしながらも、自分がこの行為を受け入れていることを教える。

「痛いほうがいいのか？」

ニンマリとした声音でそんなことを言われて、比呂也は少し面白くない気持ちで男を睨《にら》み上げた。それでも、その身体の下から這い出そうとはしない。

「……遠慮する」

短くそれだけ返して、男の首に腕をまわした。再び唇が合わされて、ねっとりと口腔をまさぐられ、眉間に刻んだ深い皺も消さざるをえなくされる。

欲望に絡む手は執拗かつ繊細に、比呂也の欲望を暴きたてる。息を乱して快楽を享受していたら、首にまわした手をとられ、男の欲望へと導かれた。

対抗心を覚えるほどに、そこはすでに熱く滾《たぎ》り、頭を擡《もた》げていた。

そうしたら急に、自分だけ乱されるのが悔しく感じられて、比呂也は男の息が乱れるタイミングをうかがいながら、猛々《たけだけ》しい欲望に指を絡め、扱《しご》く。

孚臣が腰を密着させてきて、昂った欲望同士が擦れた。

「は……あっ」

思わず濡《ぬ》れた声が零れて、比呂也は背を戦慄かせる。その手がゆるんだ隙《すき》に、大きな手がふたりの欲望を一緒に捕らえて、たまらない刺激が背を突き抜けた。

「う……ぁ、あっ！」

先端からあふれた蜜が、厭《いや》らしい粘着質な音を立てて、鼓膜を焼く。

他人の手から与えられる快感は、自慰のそれとは比較にならない強烈さで、同性の手によるそれは、異性の手から与えられるものとは比べ物にならない濃厚さがある。

緩急をつけて扱かれて、瞬く間に頂へと駆け上る。耳朶を擽る、孚臣の吐息も熱い。

「あ……くっ、……っ」

「……っ」

濡れた吐息とともに、比呂也は孚臣の手に白濁を吐き出していた。同時に孚臣自身も弾けて、大きな手がふたりぶんの蜜に汚される。

ベッドに仰臥《ぎょうが》して、比呂也は快楽の余韻に浸った。

乱された着衣に手をかけられて、自分も孚臣のシャツに手を伸ばす。ベッドを上に下にと身体を入れ替えながら転がって、互いの着衣を剝《は》ぎとり合い、貪る口づけで情欲を昂《たか》め合った。

段取りや雰囲気づくりにまで気を配らなければならない異性相手と違って、男同士ならただ純粋に欲望を追うことが許される。とくに今は、ふたりの間にどんな約束も言葉すらもない。だからこそ、純粋に溺れることが可能だった。

「ん…ぁ、……ふっ」

首筋から鎖骨《さこつ》を伝って胸元へと落ちた唇が、しこった胸の飾りを舐《ねぶ》る。男でもそんな場所が感じるのかと、この歳《とし》になっていまさらな感動を覚えながら、比呂也はむずかるように身体をくねらせた。

そのたび、滾る欲望が孚臣の腹筋に擦れて、全身に痺れが走る。

胸元に悪戯をしかける男の頭を掻《か》き抱いたら、はぐらかすように愛撫が臍《へそ》へと落ちて、比呂也は反射的に膝を立て、男の身体を挟み込んでいた。

しなやかに筋肉のついた内腿《うちもも》を愛《め》でるように撫でながら、孚臣はさらに下へと愛撫を落としていく。

「は……ぁっ、……あぁっ！」

昂る欲を口腔深くに咥《くわ》え込まれて、腰が跳ね、高い声があふれた。

厭らしい水音を立てて欲望がしゃぶられる。さきほど一度放っているというのに、比呂也のそこは浅ましく震え、二度目の放埓《ほうらつ》へと欲望を昂めていく。

だが、あと少しというところではぐらかされて、物足りなさが襲う。思わず腰が揺れて、それを宥《なだ》めるように後ろの入口に愛撫がもたらされた。

「……っ！　ん……やめ……っ」

そこまでのつもりじゃなかったなんて、言うつもりはない。ただはじめての行為に対する原初的な恐怖と躊躇いが、抵抗ともつかない程度の抗う言葉を吐き出させるのだ。

情事の最中の「いやだ」「ダメだ」は「いい」「もっと」と変換できる言葉だと、自分が抱く立場のときは都合よく受け取っているものだ。

だから孚臣も、比呂也のかたちばかりの抵抗など軽く封じて、前から滴《したた》る体液に濡れそぼつ場所を暴きはじめる。

興味がないわけではない。男でも……いや、男だからこそ、そこが感じる場所なのだということは当然知っている。

「……んっ、は……っ」

片手で前をあやされながら、舌と指とで後孔を慣らされる。

ときおり内腿の際どい場所をきつく吸われて、濃い情痕《じょうこん》を刻まれる。

内部を探る指が増やされ、圧迫感が増して、低く呻《うめ》くものの、それもやがて甘ったるい吐息にとってかわる。

内部の感じる場所を擦られて、はじめて知る深すぎる快楽に腰が跳ねた。

「ん…ぁ、あっ！　そこ……ダメ、だ……っ」

強烈な射精感にみまわれて、懇願の言葉が零れる。視線を向ければ、ニヤリとした笑みを浮かべて、比呂也の内腿に唇を寄せる男の顔とぶつかった。

「……っ!?　お…まえ……」

くそっと毒づいて、膝で男の頭を挟み込む。あろうことか孚臣は、「催促か」などと小さな笑みを零した。

そう言いながらも、内部を穿つ指の動きははぐらかされ、昂る熱は腰の奥に重く溜《た》まっていくばかり。

「お…い、いいかげん…に……」

焦《じ》らすな…と、掠れた声で訴える。長い指に嬲られる後孔が疼《うず》いて、もっと強い刺激を求めているのだ。

髪を摑んで軽く引っ張れば、内部を嬲る指が、ふいに動きを変えた。その場所をぐいっと押し上げられて、「ひ……っ」と悲鳴にも似た声が迸《ほとばし》る。そして襲う頂《いただき》。

「あ…ぁっ、い…く、い――……っ!」

腹につくほどに反り返った欲望が弾けて、しなやかな筋肉ののった胸から腹に白濁が飛び散る。

二度の絶頂で全身が痺れたように力が抜け、比呂也はベッドにぐったりと身体を沈ませた。

指が引き抜かれて、その刺激にも肌が粟立《あわだ》つ。

膝を捕られ、ぐいっと両脚を開かれて、重くなった瞼《まぶた》を瞬き、男を見上げた。

膝の内側に押しあてられる唇。

膝裏を抱えられて、腰が浮く。

狭間《はざま》に熱が触れて、比呂也はビクリと腰を揺らした。

「は……ぁっ！」

ゾワリ…と、背が戦慄く。

灼熱《しゃくねつ》の切っ先に狭間を擦り上げられて、ついさきほどまで指に嬲られていた場所が蠢《うごめ》く。

ズッと、想像した以上の衝撃が、脳天まで突き抜けた。

「う…ぁっ！　あぁ……っ！」

迸る悲鳴。狭い場所を容量オーバーのものが抉《こ》じ開け、穿つ衝撃。背が撓《しな》り、反射的に縋《すが》った手は、男の背に爪痕《つめあと》を刻んだ。

「痛……っ」

ズンッと最奥を突かれて、痛みを訴える。

「すぐによくなる」

「う…そ……」

非情な言葉が返されて、比呂也は掠れた声で毒づいた。

「嘘じゃないさ。おまえのここは、覚えがいいぞ」

荒い呼吸に喘ぐ唇を淡く食《は》む唇が、厭らしい言葉を囁《ささや》く。

「言…って、ろ……っ、……んぁっ！」

言い募る声が、ゆるりと腰を揺すられたことで嬌声《きょうせい》の奥へ消え、かわりに濡れた喘ぎが、痛みに噛《か》みしめた唇を解く。

一度解けた唇は、今一度噛みしめることはかなわず、あふれる濡れた声が、痛みを追いやり、かわりに喜悦を呼び込む。

熱く滾るものが、敏感になった内壁を擦り上げてくる。

最奥を穿たれ、揺さぶられると、瞼の奥で光が弾けるような快感が襲った。

「あ……ぁっ、あ…んんっ！　は……っ！」

抽挿《ちゅうそう》に押し出されるようにあふれる嬌声と、突き上げる動きに合わせて、自然と揺れる腰、絡む下肢、広い背に食い込む指先。

穿つ動きがやがて激しさを増して、肌と肌のぶつかる艶《なま》めかしい音と、抽挿に合わせて繋がった場所から上がる濡れた音と、それを掻き消す喘ぎ。

およそ自分が上げているものとは思えぬそれが鼓膜を焼き、さらなる情欲を焚きつける事実。

なかが熱くてたまらない。

疼くような、むず痒《がゆ》いような、奥の奥から生まれる快楽は果てのない欲望で、罪深いそれは前だけで感じるものとは違い、吐き出しただけでは終われない。

はじめて知る種類の濃すぎる欲情だった。

「い…ぁ、あっ、また……く、る……っ」

痛みがすっかり消えたわけではないのに、それを凌駕《りょうが》してあまりある喜悦。

自分が何を喚《わめ》いているのかもわからなくなって、上から落ちてくる荒い息遣いと滴る汗と、力強く躍動する筋肉の存在感とに脳髄を焼かれる。

荒々しく突かれ、掻きまわされて、思考が真っ白に染まった。光が弾ける。

「あ……ぁっ！　——……っ！」

しなやかな肉体を痙攣《けいれん》させて、比呂也は未知の領域へと昇りつめた。

「……っ」

同時に零れる呻き。そして、突き込まれた欲望が最奥で弾ける。

「ん……ぁ、……っ」

酸素を求めて喘ぐ唇の端から零れる濡れた声は余韻に戦慄き、しなやかな下肢は男の腰を引き寄せるようにきつく絡みつく。背にまわした手は汗に滑って、比呂也は縋るものを求めて、男の後ろ髪に指を絡ませた。

自然と引き寄せるかたちになって、喘ぐ唇を口づけに塞《ふさ》がれる。

「苦…し……、孚…臣っ」

自分から縋りついておいて我が儘《まま》だな…と、口づけの合間に零れる微苦笑。

「ん…ぁっ、……っ」

引き抜かれる刺激に肌が震えて、整えようとしていたはずの息を乱される。シーツにぐったりと仰臥していたら、腕を引かれて、体勢を入れ替えられた。

「お…い、ちょ……っ」

もう少し休ませろと、訴える言葉を紡ぐ前に、下から硬い切っ先に狭間を擦られる。

「う…あっ、くっ」

先の行為にすっかり蕩《とろ》け、吐き出された蜜に濡れそぼつそこは、入り口を擦る欲望を誘い込むようにうねって、身体の芯を疼《うず》かせる。

強すぎる刺激に、上体を支えているのもやっとのありさま。悔しさに唇を噛んで、比呂也は毒づく。

「初心…者、相手…に、なにして……っ」

加減しろよと、男の首に腕を絡ませ、後ろ髪を引っ張って、不服を訴える。愉快そうに比呂也を見上げて、孚臣は汗の伝う首筋から耳朶に唇を這わせてきた。

「はじめてとは思えないな。――おまえ、よすぎる」

耳朶を食む唇の感触とともに注がれる不埒《ふらち》なセリフ。

「な…に、バカな……、あぁ……っ！」

ふざけたことを……！　と言い募る声は嬌声に掻き消された。下からズンッと欲望が埋め込まれたのだ。

首筋に痛みが走る。

喉元に歯を立てられたのだ。

噛み痕を辿るように這う熱い舌の感触と、肌を伝う汗、密着した筋肉の躍動。そのどれもがたまらない快楽をもたらして、一度は冷えた思考を再度焚きつける。

荒々しく突き上げられ、揺さぶられて、髪を振り乱し、背を撓らせて喘いだ。かけらの遠慮も見せず比呂也を貪る孚臣の額《ひたい》にも、快楽の深さを教える汗と、眉間に刻まれた皺。

穿たれる動きに押し出される嬌声。

攻める男の荒い息遣い。

危うすぎる深い快楽を、ふたりは欲望に支配された獣のように一晩じゅう追いつづけた。何かに憑《と》かれたかのように肉欲に溺れた。

時間の感覚を失うほど激しく抱き合って、半ば意識を飛ばすように、四肢を絡め合ったまま、ベッドに倒れ込んでいた。


思考が真に冷静さを取り戻したのは、翌朝のこと。

男の腕のなかで目を覚ますという驚愕の現実を目の当たりにして、サーッと血が下がった。やってしまった感いっぱいに男の端整な顔を見つめることしばし、比呂也の口から紡がれたのは、「楽しかったよ」などとはすっぱを気取ったセリフ。

たまたまそんな気になっただけの、行きずりの関係。それ以上発展のしようのない、一夜限りだからこそ溺れられた肉欲だった。そう言外に意思表示の意味を込めて、アッサリとした態度でベッドを出た。

普段使い慣れない筋肉を酷使したためだろう、あちこちがギシギシと痛んだけれど、それどころかありえない場所に疼くような痛みを覚えたけれど、気づかぬふりで手早く身支度を整えた。

孚臣は、口許に薄い笑みを浮かべただけだった。

そもそもそのつもりだったからか、それとも比呂也の態度を見て、あちらはあちらで冷静さを取り戻したのか。

追うでも引きとめるでもない態度に、多少の寂しさを感じはしたけれど、それこそ危険な思考だと己を正して、ホテル代を置いて背を向けた。

「昨日は助かったよ。いい体験もさせてもらった」

携帯電話のナンバーの交換すらせず、じゃあ、と軽く手を挙げて先にホテルを出た。一緒に出るのは避けたかった。

もっとゆっくりとスイーツ談義に花を咲かせたい欲求もあるにはあったけれど、こうなってしまった以上は諦めるよりないだろうと、嘆息とともに名残《なごり》惜しさを呑み込んだ。

ホテルの外に、心配していた、ストーカー化していた女性客の姿はなかった。待ち伏せされていたら今度こそ警察の世話になるよりないかと思っていたのだが、結論から言うと、このあとぱったりと姿を見なくなった。

比呂也が理想にかなわないと知って絶望したのかもしれない。心理学には詳しくないから、素人判断の間違った見解なのかもしれないが、つきまとわれることがなくなったのなら、比呂也にとっては細かな理屈などどうでもよかった。

このあと数日間、比呂也は節々の痛みとともに自己嫌悪に苛《さいな》まれ、同時に言葉に言いあらわせない落胆のような感情にも襲われた。

募集をかけているものの、いっこうに新しいパティシエが見つからないから、季節の変わり目だというのに限定メニューも出せない。

落胆もしようというものだとひとりごちて、でもしっくりこない感覚。

「疲れた顔してるわよ。大丈夫？」

店を手伝いに来てくれた姉に気遣われても、曖昧な笑みで返すよりほかなかった。

来週からの一時休店の告知を店先に張りだそうと、決めた日の朝だった。

定休日のその日、比呂也は朝から店にいた。「CLOSED」のプレートのかかったドアを開ける人物が現れたのは、いつもの開店時間より一時間以上も早い時間のこと。

「パティシエ募集の告知を見たのですが」

低い声には、聞き覚えがあった。

訪問者の顔を見た比呂也は、これ以上は無理というほどに目を見開いていた。

3

あの翌朝、別れ際、引きとめる言葉がなかった理由に、比呂也《ひろや》は現れた男の顔を確認してはじめて気づいた。

「パティシエ募集の告知を見たのですが」

のうのうと言い放って比呂也の前に立った孚臣《たかおみ》は、あの朝見たのと同じ、余裕をうかがわせる笑みを口許に刻んでいる。

「孚臣……」

男の顔をまじまじと見やったあと、正しく状況を理解した比呂也は、その表情から啞然とした驚きを消して、かわりに眉間にくっきりと縦皺を刻んだ。

「その顔は、ここが俺の店だとわかってて来てるんだよな？」

その問いに、孚臣は「もちろん」と返してくる。「なんで……」と思わず呟けば、実にあっさりと謎《なぞ》解きはなされた。

「言っただろ。あの店で、おまえは目立ってた。隣の席の女性客が、『《patisserie《パティスリー》 la《ラ》 santé《サンテ》》の早瀬《はやせ》さんだ』と、ヒソヒソ話をしてるのを聞いたんだ」

では、比呂也が声をかけたときには、すでに同業者だとわかっていたわけか。もしかしてタイミングよく店を出てきたわけではなく、比呂也を追ってきていたのだろうか。

自分と同じように、男ひとりでもスイーツの食べ歩きをする人間に興味を持って、それが同業者だとわかって、話をしようと……？

「パティシエだったのか……」

名残惜しさを感じつつも言葉にできないまま背を向けた、あの朝の後ろ髪を引かれる想いはいったいなんだったのか。なんだか不貞腐《ふて》れたい気持ちにさせられる。

だったら最初にそう言ってくれればいいものを…と思ったものの、自分だって何も言わなかったのだからお互いさまだ。

「日本に戻ってきたばかりなのは本当だ」

「海外ってのは、修業だったのか」

ヨーロッパを転々としていた話のことだ。孚臣は頷く。帰国して間もなく、ちょうど働き口を探していたところで、比呂也にぶつかったということらしい。

——まいったな。

パティシエは欲しいが、あんなことをしてしまった相手とはたして一緒に働けるものか……。

比呂也にはそれが一番心配だった。

それでも、せっかく来てくれたものを、要《い》らないと言うわけにもいかない。何より、腕のいいパティシエは喉から手が出るほどに欲しいのだ。

「えーっと、じゃあ一応、店のコンセプトと条件面とかの説明を……」

孚臣の腕がどれほどのものかはわからないが、一応の手順を踏んでおくかと説明に取りかかろうとしたら、ショーケースの上に陳列された焼き菓子を指さして、男は「食べてもいいか？」と訊《き》いた。

「え？　あ……ああ」

イートインだけでなく、もちろんテイクアウトも提供している。生菓子だけでなく、日持ちのする焼き菓子やコンフィチュール類も、店内には並べられていた。

もちろん全部、パティシエの手によるものだ。仕入品はひとつたりとも、この店には置いていない。

レジ横のテーブルに腰を下ろして、孚臣は焼き菓子を口に運ぶ。

比呂也は厨房から、紅茶とコーヒー、それから昨日の残りのケーキをトレーにのせて運んだ。

焼き菓子は余分があるが、フレッシュ素材のスイーツ類は、基本的には当日売る分しかつくらないから、定休日の今日、試食に出せるのはこれしかないのだ。

でも、ガトーショコラとナッツがぎっしりと詰まったタルトだから、逆に味が落ちついて美味いかもしれない。だからこそ、このケーキは比呂也の今日のランチになる予定だったのだ。

焼き菓子の味をコーヒーと水でリセットして、孚臣はガトーショコラとタルトにフォークを入れる。

いずれも数口ずつ口に運んで、小さく頷いた。

「なかなかいい腕だな」

使われた素材を言いあてつつ、孚臣はその配合の繊細さや丁寧な仕事ぶりも指摘する。説明せずとも拘《こだわ》りに理解を示されて、比呂也は自然と口許が綻び、笑みが浮かぶのを自覚した。

「この店を開くときに、捜し歩いたからな」

納得のいく腕を持つパティシエを。腕だけでなく、比呂也の立てたコンセプトにも理解を示してくれる人材を。

「だからこそ、独立が早まったということか」

「それもあるけど、親御さんの問題でさ。引きとめられなかったんだ」

パティシエが辞めたいと言い出した経緯を掻い摘《つま》んで説明すると、孚臣は「なるほど」と頷いた。

引きとめようがない問題だからこそ、誰に当たることもできなくて、比呂也は苛々を募らせていた。その心理に合点がいったのだろう。

「俺がパティシエになれない限り、何度人を雇っても同じ問題にぶちあたるのはわかってるんだ。でも俺には経営とフロア係しか無理だからさ」

「一流パティシエ顔負けの舌の持ち主に見えたが？」

「わかるからって、つくれるとは限らない。よく言うだろ？　『名選手、名監督ならず』って。あれの逆パターンだよ」

スイーツ好きが、誰しもパティシエになれると思ったら大間違いだ。どんなに好きでも、そのセンスがない人間はいくらでもいる。熱狂的なサッカーファンだからといってサッカー選手になれるわけではないし、読書家だからといって文章が上手《うま》いとも限らない。

「なぁ」

比呂也は、むずむずと湧き上がった興味のままに、言葉を紡いだ。

「何かつくってみてくれないか」

パティシエとしての腕がどうであれ、状況的に断った方がいいだろうと、つい今さっきまで……今現在も、思っているはずなのに、比呂也はどうしても、孚臣のつくったスイーツを食べてみたくなった。

「テスト、ってわけか」

そんなつもりはなかった比呂也は、雇うのか断るのか、はっきりと白黒をつけなくてはならない状況を、自らつくり出してしまったことに気づいて内心で焦ったが、それ以上に興味が勝った。ホテルで交わした会話の内容を思い出す限り、孚臣はそうとうに拘りを持ったパティシエに思えたのだ。

頷いて腰を上げた孚臣は、比呂也の案内で厨房に入り、冷蔵庫や食材庫の在庫をざっと確認して、「リクエストはあるか？」と訊く。

「ここにある材料でつくれるものを、できれば二、三種類……そうだな、タルトとムース系のものと、あと何か得意なものがあればそれを」

多少の無理は承知で返すと、孚臣は「了解した」と平然と返してくる。

奥のスタッフルームから、洗濯済みのギャルソンエプロンを出してきて渡したのは、パティシエコートなどさすがに用意していないだろうと思ったためだ。

長身で体格がいいから、パティシエコートも似合うだろうが、ギャルソンエプロンもさまになる。

腕まくりをして、まずは念入りに手を洗う。その先の行動は早かった。

迷うそぶりも見せず、孚臣は材料を選び、彼の頭のなかにあるのだろうレシピに従って計量していく。職人にとって他人の道具は使いにくいものだが、そうした躊躇も見られない。ヨーロッパを転々として、多くの店で修業を積んだ経験が、こういうところに活《い》かされているのかもしれない。

自分に手伝えることはなさそうだ。比呂也はフロアに戻って自分の仕事をすることにした。

売上や仕入れの管理、雑誌の取材やインターネット情報サービス会社への対応、季節ごとのDMの送付や、客を呼ぶために発行しているメルマガの執筆、もちろんパティシエとともに、定期的にイベントやフェアを考えたりもしなくてはならない。

店のオーナーでありフロア係も務める比呂也は、その優男風《やさおとこ》の容貌《ようぼう》もあってか飄々《ひょうひょう》として見られることが多く、なんでも余裕でこなしているように思われがちだが、実際はいっぱいいっぱいだ。

余裕がないという意味ではない。なにごとにも拘る性質《たち》だから、ついついあれもこれもと抱え込んでしまうのだ。

妥協できなくて、自分のハードルを上げてしまう。そしてそれを、一緒に仕事をする相手にも求めてしまう。

あまりいい傾向ではないとわかっているが、《patisserie la santé》は比呂也にとって、自分の子どものようなものだ。思いの丈がこもっている。だから、どうしても妥協はできないし、拘りはじめればキリがない。

その拘りまで理解して、かたちにしてくれるパティシエが欲しいのだ。狭い門がさらに狭くもなるというもの。

客席に座って仕事をしていたら、厨房から甘い香りが漂ってくる。

途中で何度か手を止めて、厨房を覗きに行くと、孚臣は真剣な顔で素材と向き合っていた。

そして、姿勢がとても美しいことに気づく。

料理人は姿勢も重要だ。和食などでは、包丁を持つ姿だけで、腕がわかると言われるほど。

職人が製作作業に打ち込む姿は、どんな職種であっても見ていて楽しいものだ。プロならではのスゴ技が随所にちりばめられていて、感心したり、いったい何をやっているのかと驚かされたり、毎回新たな発見がある。

店の奥の食材庫から、比呂也は新しいコーヒー豆と紅茶を持ち出した。

数種類を、カップやカトラリーとともに用意して、スイーツのできあがりを待つ。できあがったものの味に合わせて、ドリンクを選ぶためだ。皿やカトラリー類も、仕上がりに合わせて選びたい。

そしてまた自分の仕事に戻る。

どれくらいの時間が経ったろう、ノートパソコンの画面に向かって帳簿の入力に集中していたら、傍らに長身が立つ気配。

意識を引き戻されて顔を上げると、ホールサイズのタルトののった大きな皿を、片手で掲げる男の姿があった。

隣のテーブルに置かれた皿を見て、比呂也は目を見開いた。

きつね色に焼き上がった特徴的な美しい文様、アーモンドクリーム《クレームダマンド》の甘い香り。

「ガレット・デ・ロワ……」

王様のお菓子という意味の、フランスの伝統的な焼き菓子。新年を祝うお菓子で、フランス人なら毎年一月にはかならず食べると言われるほど、メジャーなものだ。

もともとはキリストの誕生を祝う菓子で、公現節《エピファニー》には欠かせない。なかに、フェーブと呼ばれる陶磁器でできた小さなモチーフが入っていて、切り分けたときに自分の皿のガレット・デ・ロワにフェーブを見つければ、その人は紙製の王冠をかぶって、その日一日王様になれる。早い話が当たり籤《くじ》だ。

フェーブには動物や食べ物を模したもの、キリスト像や指輪など、さまざまな形があって、フランスの菓子店ではオリジナルのフェーブをつくっているところもあるし、フェーブコレクターもいる。

「季節外れだがな。フレッシュなフルーツ類のストックが不足していたから、それ以外でできるものをつくった」

シンプルであるがゆえに、技量が出る。洋食のシェフがオムレツにはじまってオムレツに終わると言われるのに似ているかもしれない。

実を言うと、比呂也はガレット・デ・ロワが大好物だった。幼いころに母親がつくってくれて、比呂也の皿のガレット・デ・ロワにかならず当たりがくるようにしてくれていた。姉が金色の折り紙でつくってくれた王冠をかぶって撮った家族写真は、毎年正月に撮影していたかしこまったものとはまた違う、家族の想い出の品として、今でも自宅のリビングに飾られている。

そんな想い出の品を出されてしまったら、つい採点がゆるくなってしまいそうなものだが、比呂也にとっては逆だった。想い出の品だからこそ思い入れがあるぶん、採点は辛《から》くなる。

シンプルな焼き菓子にはシンプルな食器とカトラリーを。

ガレット・デ・ロワの隣に滑らされた皿に盛られた英国式の本格的なスコーンには香り高い紅茶を添えて。

キャラメル風味のチョコレートムースに合わせて、すっきりとした味わいのコーヒーも豆から挽《ひ》いて淹《い》れる。

どれも見た目の美しさは絶品だった。

ムースの飾り用につくられたチョコレート細工の繊細さも、ガレット・デ・ロワの表面に刻まれた、クープと呼ばれる模様に見る絵心も、華やかにプレーティングしたスイーツではないがゆえに余計、つくり手の真の力が見える。

切り分けられたガレット・デ・ロワがサーブされるのを待つ間に、比呂也はまず繊細な滑らかさを持つチョコレートムースを口に運んだ。

滑らかな舌触りといい、豊潤なカカオの香りといい、チョコレート好きにはたまらない一品だ。その奥からふわりと香るキャラメルと洋酒の風味。添えられたチョコレート細工は丁寧な工程を経ているからだろう、艶が素晴らしい。

クロテッドクリームとジャムの添えられたスコーンは、サックリとした焼き上がりながら口どけはしっとりとしていて、舌の上で生地がほどけていく。添えられたジャムも、冷蔵庫のなかにあったフルーツでつくったもので、スコーンの軽さを邪魔しないフレッシュさが目新しい。

そして最後に、切り分けられたガレット・デ・ロワの皿が比呂也の前に置かれる。切り口からフェーブは見えない。

フォークを入れれば、フィユタージュと呼ばれる、層になった折り生地のサックリとした感触が手に伝わる。

口に運べば、期待を裏切らない香ばしさと食感。

「……美味い」

思わず言葉が零れていた。

孚臣の口許が、満足げにゆるむ。思った通りといった表情だ。

素朴さを失わない飾りけのなさの奥に、緻密《ちみつ》に計算された技の連なりがある。それは、修業を積めば誰もが身につけられる類《たぐい》の技術ではなく、持って生まれた感性に根差すものだ。

ただ「美味い、美味い」と食べるのではなく、細かなチェックも忘れない。比呂也の真剣な顔に目を細めていた孚臣は、いったん腰を上げると厨房に入り、すぐに何かを手に戻ってきた。

「よかったらこっちも採点してくれ」

そう言ってテーブルに置かれたのは、布を張った籐籠《とうかご》。

盛られているのは、さまざまな焼き菓子だ。先に食べたのとは違うタイプのスコーンもある。

比呂也のリクエストに応えた、ガレット・デ・ロワとイングリッシュスコーンとチョコレートムースだけでなく、さらに数種類の焼き菓子をつくっていたらしい。あの時間内にこれだけの作業量をこなすのは並のことではない。

「これ……」

あることに気づいた比呂也は、食べ比べのためにスコーンを手にとった。割って、口に運んで、見た目でおおよその見当がついていたことに確信を持つ。

「これは白砂糖のかわりに黒糖とキビ糖を使った。こっちはバターのかわりに菜種油、粉は古代小麦と玄米粉だ。材料が揃ってたから使わせてもらった」

基本のレシピでは使うはずの材料を、別の素材に置き換えてつくった品々。ここにこそ、比呂也の拘りがある。

「美味い……」

違和感が全然ない、と呟くと、孚臣はしてやったりと口角を上げる。

孚臣がスイーツづくりの工程で排除したのは、主にアレルゲンとされる材料だ。だが、菓子類をつくるのには本来不可欠とされるもの。

そうした素材に対してアレルギーを持つ人にも、美味しいスイーツを味わってもらいたい。

乳製品アレルギーの子どもにも、生クリームをたっぷり巻き込んだふわふわのロールケーキを食べさせてやりたいし、濃厚なチーズケーキの味を教えてやりたい。

医者から塩分や糖分を制限されている人にも罪悪感なく甘いものを食べてもらいたいし、何より、客の寿命を縮めるような質の悪い材料はひとつとして使いたくない。

どれほどパティシエの腕がよくても、こうした普通はあまり使わない材料の特性を知って使いこなしたり、アレンジを施したりする能力は、また別ものだ。

基本的な素材を使って最高のものをつくれる腕があった上で、素材への理解だけでなく、食べる人の置かれた状況や感情まで慮《おもんぱか》れなければならない。ただ美味しいだけではない、もう一歩上の意識レベルを求められる。

「スコーンもチョコレートムースもガレット・デ・ロワも、アレルギー対応が可能だ」

焼き菓子だけでなく、先につくった三つもアレンジ可能だと言われる。

「……ホントに？」

「そういった専門の店で、修業経験もある」

店頭の焼き菓子を食べ、食材庫に並んだ材料を見て、孚臣は比呂也のやりたいことを即座に理解した。そして、自分にできることを提示してみせている。しかも、どれもこれも美味しい。正直なところ、今現在のパティシエのものよりもクオリティは上だ。

孚臣の言葉にあるとおり、普通は専門の店でしか提供されないアレルギー対応のスイーツを、もっとあたりまえに店に並べたい。多くの選択肢のひとつとして、店頭に並んでいてあたりまえのものにしたい。

たっぷりとバターや砂糖を使った濃厚なスイーツの隣に、アレルゲンを排除したスイーツが並んでいたっていいではないか。なぜ暖簾《のれん》を分けなければならないのか。

それが、そもそもは比呂也が自分の店を持とうと考えたコンセプトだった。

だから《patisserie la santé》では、メニューにも店頭表示にも、すべてのアレルゲンその他の材料を明記して、特注ケーキなどの場合には、個別の対応も可能と明示している。

だがそうなると、パティシエの負担は増える。新しいメニュー開発も一苦労だ。結果的に、並の腕では務まらない、という状況に陥る。それゆえ比呂也は、新しいパティシエ捜しに苦労していたのだ。

悩んだのは短い時間だった。

プライベートがどうあれ、店のクオリティ維持にはかえられない。孚臣以上のパティシエなど、この先どれほど捜しても、見つかりっこないと断言できる。

心を決めた比呂也の前に出される、もうひとつのガレット・デ・ロワ。

「白砂糖もバターも卵も使ってない。精製小麦のかわりに全粒粉と古代小麦を使ったガレット・デ・ロワだ」

表面の模様や焼き色の美しさなど、先に食べたものと遜色《そんしょく》ない。フォークを入れれば、パイ生地の立てるざっくりとした音が食欲をそそる。

一口食べて、また目を瞠《みは》った。

咀嚼《そしゃく》しながら、言葉もなく孚臣の顔をまじまじと見やると、「満足してもらえたようだな」と、そちらこそ満足げな顔で言う。

「美味い……」

アレルギー食材を排除したスイーツには、華やかさや濃厚さが欠けて、どうしても物足りなさが否めないと思っていた。それをどうカバーするかが問題だと考えていた。その考え方の根本から覆《くつがえ》された気分だ。

決定打だった。

多少のことには目を瞑《つむ》っても、孚臣を雇わなければ、のちのち絶対に後悔する。

あまりの美味しさにフォークが止まらず、もう一口食べてから話に移ろうと、比呂也がガレット・デ・ロワの真ん中あたりまで食べ進めたときだった。

「……！」

フォークの先に、硬い感触。

「当たりか」

比呂也の表情の変化を見とって、孚臣が呟く。

クレームダマンドのなかから出てきたのは、シリコン製のグラスマーカーだった。

グラスマーカーとは、パーティなどで自分のグラスがわからなくならないように目印としてつけるもので、金属製が一般的だが、ガラス表面に張りつけるタイプのものもある。シリコン製のそれは可愛らしいキャラクターアイテムで、大人数の予約が入ったとき用に揃えておいたものだった。

「フェーブがなかったから、かわりに使わせてもらった」

比呂也が先に食べていた普通のガレット・デ・ロワにもモチーフ違いの同じものがフェーブとして隠してあるのだという。

子どものころの感動を思い出した比呂也は、パァッと表情を変えて、生地のなかからフェーブがわりのグラスマーカーを取り上げた。

「すっげ！　おまえ、コレ、仕込みじゃないよな？」

一切れ分しかカットしていないのに、それが当たるなんて！　と、まるで子どものように喜んでみせる。それほどに、比呂也にとってガレット・デ・ロワにまつわる想い出は、幼少時のあたたかな記憶に結びついているのだ。

「飾りつけをした時点で、どこに隠したかなんてわからなくなる」

ガレット・デ・ロワは全面に、月桂樹の模様が描かれている。目印をつけておくのは、ほぼ不可能だ。

比呂也の喜びっぷりを見て、孚臣は何やら思いついた顔で、厨房からオーブンシートとキッチンバサミを持ち出した。そして、影絵を切る要領で、あるものを手際よくつくり上げる。はたしてできあがったのは、簡易な王冠だった。

それを比呂也の頭にかぶせて、満足げに頬杖をつく。

フェーブを当てた比呂也は、今日一日王様としてふるまえるのだ。――今日は公現節ではないけれど。

「今日から、あんたが俺の王様だ」

見た目は王様というより王子様だが…と、笑う。比呂也はまだ何も言っていないのに、店のオーナーである比呂也を王様に譬《たと》えて、自分の雇い主だと言うのだ。つまりは、雇ってくれるのだろう？　と……。

その不遜な態度がいささか鼻につくものの、パティシエとして己の腕に自信を持っているがゆえの態度だとわかるから、心地好さが勝る。

合格と言い渡すかわりに、比呂也は手づくりの王冠に手を添えて、いささかオーバーアクションぎみに芝居じみた言葉を返した。

「くるしゅうない。近《ちこ》う寄れ」

そして、顔を見合わせて、ふたり同時に噴き出す。それは殿様じゃないのかと言われて、似たようなものではないかと返した。

偶然の出会いに感謝して、残りのガレット・デ・ロワを頬張って、そして孚臣に向き直る。

「俺の理想を、その腕でかたちにしてほしい」

新生《patisserie la santé》を、一緒につくり上げてほしい。

そうまっすぐに告げると、孚臣は「仰せのままに」とふざけた言葉を返してきた。

「王様を満足させるのが、仕える者の務めだ。おまえの舌を唸らせてやるよ」

これから毎日…と、言葉がつづいて、あまりの自信家ぶりに、比呂也は啞然とさせられた。だがどうしても込み上げる笑いを我慢できない。男の態度があまりにも痛快すぎるのだ。

「余は満足じゃ。褒美をとらせてやろう」

テーブル越しに身を乗り出すように向かい合って、ガレット・デ・ロワの皿を挟んで顔を突き合わせるように言葉を交わしていたふたりの距離は近くて、冗談の範疇とはいえ、比呂也はついついありえない行動に出てしまった。

ガレット・デ・ロワの習わしに従って、孚臣の頰に軽くキスをしてしまったのだ。

フェーブを当てた人は王様となって、王妃を選び、キスをする。当てたのが女性なら、王妃様となって、王様を選ぶ。そういうことになっているのだ。

「なんだ、俺が王様か？」

比呂也が王妃で自分が王様だったのか、と孚臣が冗談を返してくる。

「なんでそうなる」

比呂也が王様で雇い主だと、言ったのは孚臣ではないか。

「俺が王妃じゃゴツイだろうが」

「俺が王妃でも充分ゴツイぞ」

言葉遊びのキャッチボール。テーブルに残ったスイーツを胃におさめながら、比呂也はまったりと心地好い会話を楽しんだ。

あの翌朝、やってしまった…と自己嫌悪していた比呂也とは対照的に、孚臣はさばけた様子だった。だから、仕事にプライベートを持ち込むようなこともないだろうと思って採用を決めた。

このタイミングまで、孚臣はあの夜のことを、会話のなかに一切持ち出さなかったから。だから、少し油断していた。あるいは、それでもいいと、心の片隅に期待する気持ちもあったのかもしれない。

向かいから伸びてきた手が、フォークを握る手に重ねられて、触れるだけのキスがもたらされる。唇に。

軽く触れただけで離れたそれは、比呂也の心づもりをたしかめるためのものだったのか。

ここで、オンとオフの切り替えはしっかりしたいのだと、きっぱりと言うべきだった。けれど比呂也は、どういうわけかそのキスを受け入れてしまった。

あの夜の記憶が鮮烈すぎたのかもしれない。濃すぎる快楽は鮮明に記憶に焼きついている。その熱を、肌の下に容易に呼び起こせるほどに。

「こっち込みで、いいか？」

触れ合う吐息の狭間にそんな言葉がかけられて、比呂也は頷くかわりに瞼を閉じていた。キスが深まって、間にあるテーブルを邪魔に感じはじめる。

やってしまった…と、自己嫌悪に陥っていたはずだったのに、店で行為に至ってしまうなんてもっとありえないことのはずだったのに、この直後、比呂也はなんの抵抗もなく孚臣を受け入れていた。

危うさの奥から覗く、甘い蜜の味を、比呂也は結局忘れられなかったのだ。

純粋に店のことだけを考えるなら、やめておいたほうがいい。それは明白なのに、比呂也は孚臣の申し出を受け入れてしまった。

神聖な場所のはずの店内で、ふたりはセックスに及んだ。

記憶のままに、情交は熱く激しく、常習性を持っていた。

それを無意識下にも恐れたのかもしれない。

情交のあと、比呂也は「仕事仲間がセフレってのも、手っ取り早くていいかもな」などと、あの朝と変わらぬはすっぱを気取った言葉を口にしていた。

孚臣にしたところで、それ以上の気持ちなどあろうはずがないと思っていたのだ。

肉欲の解消行為としてのまぐわりであって、それ以上でも以下でもない。ふたりの間に、そんな暗黙の了解が布《し》かれた瞬間でもあった。

履歴書に書かれるような、互いの詳細なデータを教え合ったのは、抱き合ったあとだった。

先に情報を得ることが可能だった孚臣はともかく、比呂也のほうは、いまさらのように孚臣の経歴に目を通して、啞然とさせられた。

ズラリと並ぶ一流店の名前。ヨーロッパを転々としていたと聞かされていた修業先の店名だ。これだけの実績を積めば、日本のどこでも雇ってもらえるだろうに。それどころか、自分の店を持つことだって可能だ。

だが孚臣は、「つくること以外に煩わされたくない」と言う。オーナーパティシエなんて柄じゃない。かといって、雇い主と価値観が合わなければ仕事はできない。

比呂也が理想にかなうパティシエを捜していたのと同様に、孚臣も働きやすい店と、働くに足るオーナーとを捜していたのだ。

偶然の出会いと、その後の思いがけない展開ではあったが、神の采配《さいはい》か運命のいたずらか、ともかくふたりはともに求めていたものに辿りついたのだ。手を取り合わない理由はない。

オープンからずっと《patisserie la santé》を支えてくれたパティシエの味との境界線を明確にするために、あえて一週間店を休み、その間に新たなメニューを組み立てなおした。そして、新たなパティシエを迎えたことを大きく打ち出して、新生《patisserie la santé》はスタートを切った。

孚臣は、比呂也が求めるものを、次々とかたちにしていく。

その発想力と技量には目を瞠るものがある。もちろん味も、これまで比呂也が何百軒と食べ歩いたパティスリーのなかでトップクラスだと胸を張って言える。

オーナーの目線で孚臣のつくるものを批評する一方で、試作段階のものを誰より一番先に食べられることが日々の楽しみにもなった。

提供するものの味が変わって、一時的に客足が遠のいた時期もあったが、口コミですぐに評判が広まって、数倍になって戻ってきた。

孚臣は、少しでも気に入らないものは店に出さない。比呂也のコンセプトをより明確にするために、素材により一層の拘りをみせ、店頭での提供価格が上がっても、いいものならかならず受け入れられるはずだと言って譲らない。

そんな孚臣と、オーナーの立場でぶつかることもある。

「このサイズでこの値段じゃ、いくら素材がいいからって、客は手を出さないぞ」

食べてもらえなければ意味がないと言うと、

「見せ方でなんとでもなる。売り方を考えるのはおまえの仕事だ」

自分は売れるものをつくっていると言って譲らない。

「経営者の目じゃなく、おまえの舌で判断しろ。俺が信頼するのは、おまえのその味覚だ」

そうまで言われて、嬉しくないはずがない。だからついつい、比呂也も孚臣が最大限にその腕を発揮できるステージを整えようとしてしまう。

「美味いよ。間違いなく美味い！　——ったく、わかったよ、なんとかすりゃいいんだろっ」

最初のときに、「おまえが王様だ」なんて言ったくせに、仕事のことになると途端にオレサマで融通が利かなくなる。これではどっちが王様かわからない。

とはいえ、孚臣は比呂也のやりたいことをかたちにするために細部まで追求しているだけだから、結局比呂也が降りるよりなくなるのが常だった。

「おまえがニッコリ笑って勧めりゃ、女の客がこぞって買ってくだろうさ」

「……人を客寄せパンダみたいに」

次に雑誌の取材が入ったら、ぜったいに引っ張り出すからな！　と、《patisserie la santé》のパティシエに就任して以降、絶対に顔出しをしようとしない職人気質《かたぎ》な色男に、オーナーとしての命令を告げる。

多少強面《こわもて》で、パティシエには見えないワイルドさを醸してもいるが、二枚目であることは間違いないのだから、それを利用しない手はない。イケメンと騒がれるイタリアンシェフも、その腕がともなっているからこそもてはやされるのだ。実力がともなわなければすぐに淘汰される。そういう意味で、比呂也は孚臣の腕に絶対の自信を持っていた。

だから、パティシエこそが客寄せパンダにならなくてどうする、と言うと、

「やめておけ、おまえと俺が並んだら、翌日から通りの向こうまで長蛇の列だぞ」

さばききれなくなると、実にアッサリとした口調でかわされる始末だ。

「……どこまで自信家なんだよ」

呆れるのも通り越して、もはや愉快だ。言ってろ！　と吐き捨てて、店の片付けをすべく厨房

を出ようとすると、後ろから二の腕をとられ、引き戻された。

後ろから腰にまわされる腕。

頤を捕られ、口づけられる。

閉店後、客はもちろん、ふたり以外のスタッフが皆帰った店内で、こうして触れ合うのは稀《まれ》ではない。孚臣のつくるスイーツとセットで、比呂也の日常にあっという間に組み込まれてしまった。

「店ではやめろって」

《patisserie la santé》は、もともと比呂也と姉が両親と暮らしていた実家の一階を改装してオープンさせた店だ。だから、店の上、二階と三階は今も住居で、比呂也と姉が住んでいる。

「今日は比奈子《ひなこ》さん、いるんだろ?」

比呂也の姉が帰っているのではないかと言われて、

「三階までは、上がってこねぇよ」

誘いに応じたも同然の言葉を返してしまった。

姉の目を盗んで関係をつづけるのは、スリリングであり、また背徳感がいや増して、行為を彩るスパイスにもなっていた。

姉は、比呂也に仕事上のパートナーができたことをとても喜んでくれた。

孚臣と交わす、遠慮のない言葉のキャッチボールが、姉の抱く印象を決定づけていたのかもしれない。心底信用しているからこそ、できることだと姉に言われてはじめて、互いの立ち位置を自覚した。

そしてそれは、孚臣の兄も同様だった。

日本に戻ってきた弟がどうするのか、孚臣いわく常識人の兄は心配していたらしい。店に様子を見に来たときには、いいところに雇ってもらえたと心底喜んでいた。

一度は店を閉めなくてはならないかもしれないと落ち込んでいたのが嘘のように、順風満帆に日々はまわる。

店の経営は順調だ。

孚臣との丁丁発止《ちょうちょうはっし》の関係が刺激になるからか、仕事への意欲も以前よりずっと旺盛で、オンもオフも充実している。

ひとつ問題があるとすれば、比呂也がオーナーで、孚臣が雇われパティシエである限り、永遠の約束はありえない、ということだ。

孚臣はオーナーパティシエになる気はないと言うが、かたちだけでも…と言い出す出資者ははいて捨てるほどいるだろう。パティシエの名前が店名やオーナー名にあったほうが、客受けがいいし、客が安心するからだ。

店を再オープンさせてそれほどの時間がすぎたわけではない。だから、もうしばらくは大丈夫だろう。そう思うのに懸念が頭の片隅から離れないのは、以前のパティシエが短い期間で辞めると言い出した過去があるからだ。当人にそのつもりがなくても、外的要因から辞めざるをえなくなることだってある。

意見がぶつかり合う過程で、修正不可能なほどの亀裂《きれつ》が入ってしまう危険性だって否めない。雇う側と雇われる側との衝突の要因で一番多いのは、経営方針におけるベクトルの違いと、金銭問題だ。

今現在がうまくいっているからといって、絶対ではない。

それを言い出したら何もできないし、どうなるかわからない先のことなど考えるだけ無駄だともいえるが、今が順調すぎるほどに順調であるがゆえに、こんなに上手くコトが運ぶはずがないという疑心が働くのだろうか、どうしても不安が拭《ぬぐ》えないのだ。

だからだろうか、孚臣から与えられる口づけとか、抱擁とか、ただのセフレ関係にしては濃厚な接触を、ときにわずらわしく感じてしまうのは。

かといって、嫌なわけではないのだ。ただ、なんとなく落ちつかない気持ちになるだけで……。

それでも、男の性《さが》というかなんというか、触れ合えば快楽に溺れてしまうし、その手を拒むこともできない。それどころか、比呂也のほうから手を伸ばすことも少なくない。

心地好さとうらはらの落ちつかなさ。

そんなものを心の片隅に抱えつつも、その根本原因と向き合う暇もなく、慌ただしく日々はすぎる。

常に何かしらの梃《てこ》入れをしていかないと、店は飽きられてしまう。どれほどの繁盛店だろうとも、その人気に胡坐《あぐら》をかいたらおしまいだ。

絶対の自信を持ちつつも、常に上を見つづけなくては。

それができるのも、絶対の信頼を寄せられる相手がいるからこそ。肉体関係が付加されているために、いささか奇妙ではあるが、それを除けば、オーナーとパティシエとして、これ以上ないほど、密な関係を築けている。

「賄《まかな》い、何がいい？」

「んー？　飯」

問いに対して売上計算をしながら適当に返せば、「それはリクエストとは言わない」と渋い顔をされる。「じゃあ……」と考えて、

「ゴルゴンゾーラペンネ」

山盛りのサラダつきで！　と詳しいメニュー名を口にすれば、今度は長嘆で返された。

「……飯が食いたかったんじゃないのか」

なんでパスタにすり替わるのかと呆れた口調で言う。

「おまえが出鼻をくじくから変えたんじゃないか」

ご飯の気分だったのに…と、文句を返せば、「わかった」と両手を上げて制された。

「ようはなんでもいいんだな」

パティシエとして一流の孚臣は、料理人としても一流だ。冷蔵庫のなかのありもので、いつもササッと賄い料理をつくってくれる。

「美味いもの限定だけど」

平然とオレサマな口調をつくって返せば、

「俺がつくるものに、不味いものがあったか？」

それ以上のオレサマ発言で返される。

「ございません」

あとにも先にも一度たりとも！　と、比呂也はおどけた調子で降参の意思表示をした。

閉店後、店の片付けと翌日のための仕込みをしながら交わす会話も習慣化してきた。店にかかわること以外でも、孚臣と話をするのは楽しい。そこにはかならず、職人としての拘りが垣間見《かいま》えて、自分もうかうかしていられない、という気持ちにさせられるからだ。

たった今まで、そんな雰囲気などかけらも匂《にお》わせない会話を交わしていたというのに、ふいに熱を帯びた空気に切り替わるのも、ふたりの関係が密でありながらもさばけたものだから。

少なくとも比呂也は、そう理解していた。

絶妙なバランスで成り立っている関係だった。

だからこそそれを壊したくなくて、少しの落ちつかなさも、見て見ぬふりをしていた。

思いもよらない外的要因によってふたりの関係に変化がもたらされることになるなんて、考えもしなかった。比呂也はもちろん孚臣も、それは同じだったはず。

ふたりの間に三つめの関係が築かれたのは、《patisserie la santé》が新たなスタートを切って半年ほどがすぎた、ある日のことだった。


明日は定休日。

スタッフたちも早めに帰り、店にはいつもどおり比呂也と孚臣のふたりが残された。

試作段階の新作スイーツと孚臣の賄い料理とで、店のテーブルで打ち合わせをしつつ遅めの夕食をとる。

ふたりがほぼ食事を終えたタイミングでアポもなくやってきて、いつもの光景を破ったのは、孚臣の兄の孚妥《たかやす》だった。正確には、孚臣の兄の孚妥と、その一歩後ろにつづいた比呂也の姉の比奈子のふたり。

揃って店に来るなんて、いったいどうしたことか。それ以前に、このふたりが一緒にいること自体が、不思議ではあるのだが……。

ちょっと時間をもらえるかと口を開いたのは孚妥で、比奈子は黙ってその顔を見上げている。

比呂也と孚臣は顔を見合わせ、ふたりに席を勧めて、食事はすませてきたというふたりのために、自分たちが食べたのと同じ試作品のケーキと淹れたてのコーヒーを出した。

　ふたりとも座ってほしいと言われて、比呂也と孚臣も兄と姉の前にそれぞれ腰を下ろす。それなりの広さのある店内で、大人四人がぎゅっとひとかたまりになっているのは、なんだか奇妙な光景だ。

　何がはじまるのかと、怪訝に思う気持ちと同時に、もしかして？　と脳裏を過る可能性。だが、想像するのと、当人の口から聞かされるのとでは、受け取る側の衝撃に雲泥の差がある。

「比呂也くん！　お姉さんを、僕にください！」

「はぁ!?」

　まったく予測がついていないわけではなかったのに、やはり驚きで、比呂也は啞然と声を漏らしていた。

「姉貴？　これって……」

　たしかに姉は、ときどき店を手伝ってくれていた。そこへ、孚妥が弟の様子を見にやってくることもあった。とはいえ、店で顔を合わせた回数は片手にも満たないはずだ。

「黙っててごめんね～。だって、もし上手くいかなかったら、あんたと孚臣くんの関係もおかしくなるかもしれないし、言えなかったのよ」

　付き合いはじめたはいいが、破局したときに、一緒に働く弟たちの関係に影響が出ては申し訳ない。ふたりはそう申し合わせて、付き合っていることを内緒にしていたというのだ。

「結婚？　いや、別にいいけど、なにもそんなに急がなくたって……」

言いかけて、比呂也は途中で言葉を呑み込んだ。弟の反応を見た姉が、比呂也の想像どおりの言葉を口にする。

「へへ……デキちゃった」

ぺろっと舌を出してみせる。童顔の姉がすると可愛らしいのだが、しかし弟の立場としては微妙だった。

比呂也の隣で孚臣は、これみよがしな長嘆を兄に向けている。いたたまれないのか、孚妥が首を竦めて身を小さくした。野島《のじま》兄弟においては、ときどき兄と弟の関係の逆転現象が見られるのだが、まさしく今がその状態だ。

「……って、ちょっと待ってよ。てことは俺ら……」

あることに気づいた比呂也が、唖然呆然と確認の言葉を紡ぐ。孚妥が、「ああ、そうか」と手を叩いた。

「僕たちが結婚したら、孚臣と比呂也くんも兄弟になるんだね」

孚妥がのほほんっと放ったひと言は、比呂也に大きな衝撃を与えた。姉の妊娠を知らされた以上のショックだ。

「……兄弟……？」

そんなバカな……。

仕事仲間というだけならまだしも、肉体関係を持っている相手と？　姻戚とはいえ、義理とはいえ、兄弟？


「どっちがお兄ちゃんになるんだっけ？」

比呂也の衝撃を余所《よそ》に、孚妥は比奈子にどうでもいい疑問をぶつける。

「同級生だったわよね？　たしか」

「ということは、比呂也くんのほうが誕生日が早いから、孚臣が弟だ」

「そうなの？　孚臣くんのほうがお兄ちゃんっぽいのに」

幸せいっぱいのふたりには、啞然呆然とする比呂也も、その隣で腕組みをして唸る孚臣の渋い表情も、目に入らないらしい。

「籍だけ入れてね、お式はお腹の子が生まれてからにしようと思うの。披露宴パーティにはお店を使わせてもらってもいいかしら？」

貸切にするのはやぶさかではないのだが、こちらの都合そっちのけで、どんどん話が進んでいるように思えてならない。姉たちが比呂也と孚臣の関係を知るはずもないのだから、当然といえば当然なのだけれど……。

「孚臣に特製のケーキをつくってほしいんだ。頼めるかい？」

孚妥が呆れ顔で腕組みをする弟にうかがいを立てる。

「結婚祝いの前に、出産祝いをつくらないとな」

順番が逆だ、と言われて、孚妥は頬に汗を滴らせつつ、頭を掻いた。

「ああ、そうか……そうだな。はは……」

孚臣はそれ以上何も言わない。いったん厨房に消えたかと思ったら、緊張のあまり喉が渇いた様子の孚妥のために冷たいものを用意して戻ってくる。比奈子のためにはノンカフェインのハーブティーだ。妊娠していると知っていたら、比呂也だってコーヒーなど出さなかったのに。

「それで、ひとつ提案があるんだけど」

ふたりは顔を見合わせ、互いの意思を無言のうちに確認し合って、比呂也と孚臣に視線を戻す。

「提案？」

これ以上どんな衝撃が襲うのか、あるいは多少なりとも先に受けた衝撃をやわらげてくれる提案なのか——どう聞いても前者っぽい空気ではあったのだが——今度は比呂也と孚臣が顔を見合わせる。

「新居をね、探そうと思ったんだが、なかなかこれはという物件がなくてね……」

孚妥の説明を聞くうちに、比呂也は今度こそ眉間に皺を刻み、孚臣は無言になった。

「だってほら、こんな好立地に両家の自宅があるわけだし、使わない手はないだろう？　僕も仕事の合間に不動産屋巡りをする必要もなくなるし……住む人間さえ入れ替われば、解決する問題だと思わないかい？」

孚妥と比奈子から提案されたのは、ふたりの新婚生活のために、野島家を明け渡してほしい、というもの。そのかわり、比奈子のかわりに孚臣が早瀬家に住めばいい、というものだった。

兄弟になると唐突に聞かされただけでも衝撃なのに、今度は同棲《どうせい》？

――いや、ちがう、同居か……。

どうでもいいツッコミを胸中で己に入れる。だが、自分が真っ先に選択した単語の意味を正しく理解して、ドクリと心臓が音を立てるのを聞いた。

「……」

「……」

ふたりとも無言だった。提案に対して「YES」とも「NO」とも言えないままに、話を聞くよりほかない。

「孚臣くんだって、比呂也と一緒にお店の上に住んでたほうが便利でしょう？　朝はこれまでより三十分余分に寝てられるし……最近ではすっかり比呂也のごはんの面倒も見てもらっちゃってるし、一日のほとんどの時間を一緒にいて、寝る場所が離れてるだけって状況だもの」

姉の言葉どおりではあるのだが、第三者に言われると、なんだかいたたまれない気持ちになるのはなぜだろう。

だが、もはや何を言ったところで、姉たちの立てた計画を変えることはできないと、比呂也も孚臣も理解していた。

孚臣が主張したのは、部屋をすっぽり明け渡すことはできない、という一点だけだった。出ていくのが嫌だという意味ではなく、引っ越しのための梱包をしている時間がないという理由からだ。

だから自分は、必要最低限の日用品だけを持って早瀬の家に移るから、部屋はひとまずそのままにしておいてほしいと言った。

一方の姉も、身重の身体で引っ越し作業などできるわけもなく、自分の部屋を綺麗に明け渡すことができない。孚臣の好きにしてもらおうと考えていたらしく、それなら互いの部屋は基本的にそのまま、状況に応じて倉庫にする、ということで落ちついた。

夫婦はひとつ部屋で暮らせばいいし、孚臣はゲストルームを自室として使うことにすればいい。そう結論づけたのは姉の比奈子で、比呂也がなにがしかの意見を口にする隙は与えられなかった。姉と弟の関係は、昔からこんなだったような気がする。

姉のできちゃった婚という衝撃も醒《さ》めやらぬうちに、善は急げとばかりに、翌定休日に簡単な引っ越しが行われた。

孚臣は、大きなボストンバッグひとつを肩に抱えてやってきた。足りないものは、その都度とりに行けばいいのだから、その点、両家が近いのはありがたい。

姉の部屋を孚臣の部屋にするのなら、二階と三階とで互いの生活空間を分けることがかなったのだが、孚臣が自室として使うことになったゲストルームは、比呂也の部屋の隣にある。シングルベッドのほかには、デスクとテレビがあるだけの部屋だ。

新作スイーツの試作にあてるはずだった定休日は、引っ越し作業とその後の片付けを終えたときには、半分以上消費されたあとだった。

二階のリビングでふたりきりなんて、別に今日がはじめてのことではないのに、仕事終わりに立ち寄るスタンスと、一緒に暮らすスタンスとではまったく違って感じられる。

大きく息をついて、比呂也はソファに身体を沈ませた。

「付き合わせて悪かったな」

「いや……客間、しばらく使ってなかったから」

姉のぶんも孚臣のぶんも、荷物の運び出しと運び入れはたいした労力でもなかったのだが——そもそも孚臣は全部自分でやったし、姉の荷物は孚妥がひとりで全部運んでいた——孚臣が暮らすことになった部屋の掃除が、なにぶんここしばらく放置されていたのもあって、結構な手間だったのだ。

両親が亡くなって以降、泊まりで訪ねてくる客もなかった。以前からゲストルームを使っていたのは、主に亡父の友人たちだったのだ。

もてなし好きだった母は、来客のたびに部屋の窓を開けて空気を入れ替え、ベッドリネンを取り替えて、窓辺に季節の花を飾っていたものだ。

カーテンとリネン類を新しいものに取り替えると、部屋の雰囲気はガラリと変わった。亡母の好みで、小花柄等植物を模した模様の淡い色味で統一されていた装飾を、アイボリーを基調としたシンプルなものに新調したのだ。

するると途端に、見慣れたその部屋は孚臣のための空間となって、比呂也の目に違和感を植えつけた。住み慣れた自宅に、突如異空間が出没したかに思えた。

向き合う食卓も、その上に並ぶ皿が揃いのものであることも、もともと早瀬家にあったものをそのまま使っているのだから、別段不思議はない。

これまでだって、リビングに上がって食事をとっていたし、そのあとの流れによっては、そのまま一夜をすごして、ソファで抱き合った恰好のまま朝を迎え、シャワーを浴びて、店に出ることもたびたびあった。

だから、姉と孚臣が住む家を取り替えたからといって、大きく変わることはとりたてないのだ。早瀬家に孚臣の自室ができたことを除いては。

そして、兄と姉が婚姻届を出したことで、ふたりが義理の兄弟になったのを除いては。

けれど、実際の生活が大きく変わらずとも、土台が変われば、その上にのるものは色味を変える。

微妙なバランスの上に成り立っていたはずの関係が、変化を見せる兆《きざ》し。

誰が望んだものなのか、それは比呂也の予想よりもずっと早くもたらされた。

4

平日であっても、午後のティータイムともなれば、《patisserie la santé《パティスリー ラ サンテ》》のテーブルはほぼ満席となる。

客の大半は女性だが、とくにパティシエが孚臣《たかおみ》に変わって以降、男性客も目立つようになってきた。スイーツ男子などと適当な言葉をつくってメディアが騒ぐのも要因のひとつだろうが、何より孚臣のつくるスイーツに、それだけの魅力があるからだと比呂也《ひろや》は思っている。

ショーケースに並ぶスイーツは、定番のものと日替わりのものと季節限定品とがある。

商品名と価格を記したプレートには、主要原材料とアレルゲンの明記がされていて、それを気にする人も気にしない人も、自由に己の価値観に従ってスイーツを選ぶことができる。

テイクアウトの客も多いが、イートインもにぎわっている。その理由は、選んだスイーツが生クリームやアイス、カットフルーツ等を添えた美しいプレーティングで提供されるからだ。

スイーツに合わせて、拘りの紅茶やコーヒーを選ぶ楽しみもある。セットドリンクはあまり種類が選べない場合が多いが、《patisserie la santé》では、全ドリンクメニューから自由に選ぶことができるのだ。

そして何より、接客してくれる店主の存在が、主に女性客を呼び込む大きな要因となっている。客寄せパンダを自覚する比呂也は、いつも笑みを絶やさない。会社員時代に培《つちか》った対人スキルを存分に発揮して、接客に勤《いそ》しんでいる。

そんな比呂也にホールを任せて、孚臣はほとんど一日厨房から出てこない。ごくたまに、人手が足りないときに、レジや接客に出てくることがあるだけだ。接客とはいっても、オーダー品をテーブルに届けにくるくらいで、その偶然にあたった客はラッキーだと、常連客のなかでは密《ひそ》かに話題になっている。

多少愛想に欠けても、無骨そうなところがいかにも職人っぽくていい、というのが常連の大半を占める女性客の見解らしい。

「本日のスペシャリテ、サンライズパパイヤのムースとオーガニックシェーブルのタルトになります」

孚臣のあの大きな手から生みだされるとは、その現場を見ていてもにわかには信じがたいほど繊細な盛りつけのスイーツプレートをテーブルに置けば、オーダーした女性客から感激の声が上がる。

「わ…ぁ、キレイ〜！」

「すっごい美味しそう〜！」

この瞬間がたまらない。何度経験しても心地のよいものだ。比呂也は心のなかでひっそりと快《かい》哉《さい》の笑みを零す。だが表面上はあくまでも、落ちついた顔を崩さない。

「ごゆっくりどうぞ」と、一礼を残してテーブルを離れる。背後から、先に聞いたのとは別種の潜めた悲鳴と黄色い声とが届くのはいつものことで、こちらに関してはそれほどの関心を寄せていなかった。

《patisserie la santé》の商品への賛辞である、先の歓声のほうが、何倍も嬉しいからだ。とにもかくにも、一度店に足を運んでもらって、味を知ってもらわないことにははじまらないわけだから、孚臣いわく客寄せパンダとしての役目を比呂也は重々心得ている。だが、それでもやはり《patisserie la santé》の味を正しく評価してもらえるほうがずっと嬉しい。

「客の反応はどうだ？」

厨房に入ると、作業の隙間に孚臣が言葉をかけてくる。

「気になるんなら、自分で行って、客の顔を見てこいよ」

仕事中の無駄話など、ほとんどない。交わすのは仕事がらみの内容ばかりだ。

「遠慮させてもらう」

比呂也の返答が、すでに客の反応がいいことを物語っていると返して、孚臣は作業の手を止めようとしない。少しでも店頭に出させようとする比呂也の目論《もくろ》みは、アッサリと看破されて、今日も無駄に終わった。

「頑固者め」

腕組みをして、面と向かって吐き出す文句も、職人の耳を素通りしていく。そんなふたりのやりとりを、孚臣の助手を務める若いスタッフたちが笑いをこらえながら聞いている。

ひとつ嘆息を残して、比呂也はホールに戻った。通りを曲がってくる人影に気づいて店頭に出て、ドアが開くのと同時に「いらっしゃいませ」と声をかける。

客はイートインコーナーに目を向けたものの、すぐにショーケースに視線を戻して吟味をはじめた。混《こ》んでいるからテイクアウトにしようと、一瞬の間に考えをまとめたのかもしれない。

申し訳なさと同時に、誇らしさも感じる。

店の経営は順調だ。前以上に客の評判もいい。取材の申し込みも増えている。

すべては孚臣の腕あってこそだ。

だから比呂也は、孚臣との偶然の出会いに感謝している。神の采配だったとも思っている。

——だからって別に、兄弟にならなくてもよかったけどな。

接客をしながら、胸中でそんなことを呟く。

仕事は順調だ。けれど、それに比例してプライベートも順調だとは限らない。

姉が孚臣の兄と結婚して、比呂也と孚臣が同居をはじめてしばらく。

孚臣がどう考えているのかはわからないが、少なくとも比呂也は、以前とは違う空気に戸惑いを感じはじめていた。

店の経営が順調すぎるほど順調なだけに、そのギャップが明確に感じられるのか、それとも些細《ささい》な変化を自分が大きく捉《とら》えすぎているのか。よくわからない…というのが、比呂也の正直な印象だった。

店を閉め、片付けと翌日以降のぶんの仕込みを終えて、スタッフが帰途につくのを確認してから、比呂也と孚臣は二階の自宅に上がる。

パティスリーの閉店時間はほかの飲食業に比べて比較的早いが、それでも営業中にはできないことをあれこれとこなしていると、それなりの時間になってしまうのが常だ。

以前は、店を閉めたあとでパティシエと一緒に呑みに出かけたり軽く食事をしたり、外食をすることが多かったのだが、孚臣を迎えてからは家で食べることが多くなった。

オンとオフの切り替えが当初から曖昧だったのは、なんといっても初対面でベッドをともにしてしまった事実があるからだが、それがより顕著になった印象を受ける。

同居をはじめるまでは、店の厨房で賄いをつくって、打ち合わせや意見交換をしながら食事をとっていた。

比呂也の姉と孚臣の兄が結婚して、孚臣がこの家で暮らしはじめてからは、自宅のキッチンで毎食をつくって食べるようになった。

一緒に食事をするのでも、賄いとして、仕事仲間の関係で食べるのと、自宅のリビングで家族として食卓をともにするのとでは、意味合いがまったく違う。

そのあたりを孚臣はどう受けとめているのか。

キッチンに立つのは基本的に孚臣で、比呂也は皿やカトラリーを用意したり、料理ができるまでの間に洗濯をしたり、主に炊事以外の家事を受け持つ。そうした生活感も、戸惑いを生むひとつの要因となっている。

この日のメニューは、比呂也のお気に入りのグリーンカレーだ。爽《さわ》やかな辛さで新鮮な野菜がたっぷりと使われている。添えられているのはジャスミンライスで、海老《えび》や香菜《パクチー》を巻いた生春巻きと、今店で出している限定スイーツの皿もあった。

「ソースを変えてみた。味見してくれ」

一度ＯＫを出したものでも、改良の余地があるとなれば、時間と労力は惜しまない。メインのスイーツに変更はないものの、店で提供するプレーティング時に添えるソースにバリエーションを持たせたいと言う。

完全なプライベートである夕食に仕事が持ち込まれて、比呂也はいくらかの安堵を覚える自分に気づいた。

仕事モードでいられるなら、店にいるときのような空気なら、向き合って食べる夕食に、むず痒いような、なんとも表現のしようのない感覚を覚えることもないかもしれない。

そんなことを考えたがゆえの安堵だと思い至って、今度はウンザリとため息をつきたい気持ちに駆られた。

「どうした？」

「あ？　いや、なんでもない」

比呂也は真っ先にスイーツの皿に手を伸ばす。すでに完成形を見ている商品に対しての追加での提案だから、それほどかしこまったものではなく、こんなのもアリではないか？　程度の受けとめ方でいいのだが、店に出すことになるかもしれないと考えれば、どうしても気合いが入ってしまう。

ソースに使うフルーツを変えて、添えるアイスの濃度も変えてある。

「うん……より濃厚になるから、好みはあるだろうけど、これはこれで合うんじゃないか」

数口食べ進めてから、比呂也は率直な意見を口にする。孚臣は黙って頷いた。

「味もだけど……こっちのほうが原価的に助かるってのはあるな。店で提供するときは、同じ価格で、どっちか選んでもらえばいいから、手間じゃなければ、選択の幅を持たせるのもアリだと思う」

「オーナーがOKなら、そうしよう」

それだけ言って、孚臣は冷蔵庫から取り出した小ぶりな瓶ビールの栓を抜き、ふたつのグラスに注いでテーブルに置く。

仕事の話は終わり。食事にしよう、という合図だ。もう少し仕事の話をしていたかったのだが……と思いながらも、比呂也は頷く。

グラスを合わせて、今日一日を労《ねぎら》い合い、報告や他愛ない話をしながら、孚臣の手料理に舌鼓を打つ。手際よくつくられる料理はどれも玄人跣《くろうとはだし》で、甘いものが好きでなかったら、きっとシェフになっていたのだろうと思わされる腕前だ。

昼は食べている暇がないことが多いから、店に出せないフルーツや試作品を食べて終わることが多い。大量に仕入れると、どうしても傷む部分が出てくるし、試作は何回も重ねるから、味見だけでも結構な量になってしまうからだ。

そのかわり、夜は孚臣がかならずキッチンに立つ。その姿を後ろから眺めていると、なんだか奇妙な気持ちになって、落ちつかなくなるのだ。それは、向き合って食べている今も同じ。

「口に合わなかったか?」

辛いものが苦手なわけではなかっただろう? と向かいから聞かれて、スプーンを持つ手が止まっていたことに気づく。

「いや、美味いよ。ランチプレート出してもいいくらいじゃないか?」

「俺はパティシエ以外、やる気はないぞ」

「わかってる。それくらい美味いって話だ」

頑固だな、と笑いながら綺麗に巻かれた生春巻きを口に運ぶ。エスニックレストランで食べるのより、美味しいかもしれない。

「美味そうに食うから、つくりがいがあるな」

「……？　そうか？」

客がみんな比呂也のように表情豊かで反応がわかりやすいといいのだが、と孚臣が半ば茶化して言う。

「そのかわり、不味いときは食べないぞ」

比呂也が脅すように返せば、

「おかわりは？」

空になった皿を指して訊かれた。比呂也が孚臣の手料理を残したことはこれまでにない。

「……いい。これ以上は食いすぎだ」

言い込められて、不貞腐れた顔で「ごちそうさま」とカトラリーを置く。孚臣の口許に、愉快そうな笑みが刻まれた。

孚臣が片付けをしている間に、比呂也はバスタブを洗って給湯ボタンを押し、リビングに戻る。

家主より先には入れないと、同棲……いや、同居当初に孚臣が固辞したため、一番風呂はいつも比呂也だ。

温《ぬる》めの湯にゆっくりと浸《つ》かって一日の疲れと汗を落とす。だが、あとに孚臣が待っていると思えば、それほど長湯もできない。比呂也と入れ替わりに孚臣が湯を使う。

比呂也が脱衣所を出るときには、孚臣はもう上半身裸になっている。それからつい目を逸らしてしまうのは、ベッドの上で見るのとは違う印象を受けるから。

リビングのソファで濡れ髪を拭《ふ》きつつ、冷蔵庫から持ちだしたビールを片手に夜のニュース番組を見ていると、孚臣が風呂から上がってきて、隣に腰を落とす。

髪を拭いたタオルを首から下げて、上半身は裸のまま。呑みかけのビールの小瓶を差し出すと、孚臣は無言のまま受け取って、湯上がりの喉の渇きを癒《いや》す。

全部呑みきられるまえにビールを奪い返して、比呂也はそれを呑み干した。——ほんのひと口しか残っていなかったが。

「もう一本呑むか？」

不服気な顔をしていたためだろう、横から訊かれて、少し考えて首を横に振る。

「やめておく」

明日もあるし…と、腰を上げたら、それを追うように立ち上がった孚臣の腕が、後ろから比呂也の腰を引き寄せた。

「おい……」

抗議の声は、頤を捕る手に阻まれ、後ろからおおいかぶさるようにもたらされた口づけの奥へと消える。

「……んっ」

食み合う口づけが、やがて深いものへとかわる。

身を捩《よじ》って、比呂也は孚臣の肩に腕を滑らせた。腰を抱く腕に力が加わって、身体が引き寄せられる。

同居をはじめる以前から頻繁に身体を合わせていたけれど、孚臣が越してきてからというもの、関係はより密になった。

手を伸ばせば欲を分かち合える相手がいて、誰に邪魔されることなく行為に浸れるのだから、当然の流れだ。しかも、雰囲気づくりや手順に気を遣う必要のない、単純に欲望だけを追える男同士。

拒む理由はない。体調が悪かったり、特別疲れてでもいない限りは。

孚臣が《patisserie la santé》のパティシエに就いて以降、仕事は忙しくなったものの、以前よりも充実しているせいか、精神的なストレスはずいぶんと減った。だから、気力がない、ということもない。

孚臣は、無骨そうに見えて、搦《から》め上手だ。無粋な言葉ひとつなく誘いをかけてきて、比呂也にまぁいいかと思わせてしまう。

最初のとき、比呂也には同性との経験などなかったというのに、あっさりと孚臣を受け入れられたのも、そうした理由からかもしれないと、最近になって思う。

そのままソファに倒されるのかと思いきや、「ベッドに行こう」と耳朶に低く囁かれる。このままここでいいのに…と、思考を過った言葉を、比呂也は口にせず呑み込んだ。自室のベッドで、というのが、なぜだか落ちつかない気持ちにさせるのだ。

だからいつも、孚臣の部屋に行く。親に子ども部屋としてあたえてもらってからずっと使っている自室でするのはどうしても抵抗があった。だから、同居をはじめて以降一度たりとも、比呂也の部屋で抱き合ったことはない。

もともとゲストルームだった孚臣の部屋は、物が少ないのもあって、殺風景な印象がいなめない。目につくのは、デスクの上のノートパソコンと、積み上がった本くらいのもの。いまだに生活感が希薄で、だからホテルで抱き合うような感覚でいられるのかもしれない。

孚臣のベッドはいつも綺麗に整えられている。パティシエとしての修業時代に身についた習慣らしい。

部屋着兼パジャマの長袖《ながそで》Tシャツをたくしあげられ、スウェットを下着ごと引き下ろされる。まだ湯の名残を感じさせる肉体がおおいかぶさってきて、比呂也は身体の力を抜き、全身でその重みを受けとめる。

ベッドが軋《きし》んだ音を立てて、それが合図となった。

肌に落とされる愛撫と、狭間を探る指の繊細な動き。たちまち肉体が燃え上がって、比呂也は息を乱す。孚臣の身体も熱い。

肉欲を追うだけの関係だというのに、孚臣の前戯はいつも丹念だ。だから、吐き出すだけでは終わらなくて、やがて翌日のことも忘れ、夢中になってしまう。

この夜も、一度では終われなくて、二度目は比呂也が上になって、本能の命じるままに欲望を追い求めた。

その結果、比呂也は孚臣の腕のなかで、朝を迎えることになってしまった。

孚臣と一緒に暮らすことになって、引っ越しを終えて、最初にこの部屋で抱き合ったときに、次からは絶対に自分の部屋に戻って、自分のベッドで寝ようと誓ったはずだったのに。

とはいえ、思っているだけで、実行できたためしは、今のところない。

つまり、ふたりが同居をはじめてからというもの、比呂也が自分のベッドで眠る回数は格段に減っているということだ。

射し込む朝陽の眩《まぶ》しさに目覚めを促されて、重い瞼を上げれば、目の前には逞しい胸。

いつもたいてい、比呂也のほうが先に目覚める。そして、さてどうしたものかと考えて、孚臣の寝顔を観察しているうちに、リーチの長い腕に囲われてベッドを出られなくされてしまう。

この朝も同じだった。

まだ濃い眠気を孕《はら》んだ目をした男の顔が間近に迫って、額にやわらかく押しあてられる唇。

乱れた髪を梳《す》く長い指。

逞しい胸に頬を寄せる恰好で、比呂也は朝のまどろみを甘受する。これが、この部屋で最初に

抱き合った翌朝、次からは夜のうちに自室に戻ろうと、比呂也が思った原因だ。

甘ったるい触れ合い。

まるで恋人同士のような……。

――バカバカしい。男同士だろうが。

自分たちは最初のときから欲望優先だった。セフレとしか言いようのない肉体関係を、ともに納得ずくでつづけているのであって、それ以上でも以下でもない。男同士だからこそ理解可能な、さばけた関係のはずだ。

それが、生活圏を同じくするようになってから、崩れはじめた気がしてならない。

それとも自分が考えすぎ、気にしすぎなのだろうか。

「おはよう」

「……まだいいだろ」

朝のあいさつを残してベッドを出ようとすると、腕の囲いを狭められ、広い胸に引き上げるようにして、抱き合う体勢に持ち込まれる。

「……おいっ」

やめろっ、と制しても孚臣は聞き入れない。比呂也を胸に抱いた恰好のまま、いまにも二度寝に入ってしまいそうだ。

疲れた職人を、もう少し休ませてやりたいところだが、今日は営業日で、朝の時間にそれほどの猶予はない。

「時計を見ろ。もうこんな時間だ」

昨夜の情事がなければ、あと少し寝ていられる。シャワーを使う時間が必要ないからだ。昨夜の濃厚な情事の名残を湯で洗い流さない限り、本当の意味での目覚めは促されない。

さっさと起きて支度をしろと、男の腕の囲いを抜けだしつつ言うと、大きな身体がなんの予備動作もなく、むっくりと起き上がった。

「おはよう」

唇の端で鳴るリップ音とともにもたらされる朝のあいさつ。比呂也は唖然と目を瞠るよりほかない。

いったん起き出してしまえば、あとの行動は素早い。シャワーを浴びたあと、孚臣はふたりの朝食を用意すべく、朝からキッチンに立つ。コーヒーを淹れるのは比呂也の役目だ。とはいえ、コーヒーメーカーをセットするだけのことだけれど。

濃いカフェインが、心身ともにスッキリと目覚めさせてくれる。カフェインには薬物と同じ常習性があって、身体が資本の仕事をする限りとりすぎはよくないとわかっているのだが、朝のこの習慣だけはやめられない。

朝食をしっかりと食べないと力が出ないなんてのは思い込みにすぎない。米の消費量を上げたい政府が、広告を使って国民を洗脳しただけのことで、絶対ではない。

会社員時代は、朝食は食べないほうが体調がよかった。だが今は、昼食をとる時間が取れないのもあって、かわりに朝食を充実させている。その朝食も、孚臣が越してきて以降、その充実ぶりに拍車がかかった。

孚臣と入れ替わりに比呂也がシャワーを浴びて出てくると、食卓には朝食の準備が整っている。グリーンジュースにカットフルーツ、カリカリに焼いたトーストと黄金色のオムレツ、そしてサラダ。

朝の陽射《ひざ》しのなか向き合って食事をするのは、夕食をともにするのとはまた違った擽ったさがある。

夕食をともにすることはあっても、朝食をともにすることはなかった。以前は。

ホテルやコーヒーショップでとるものとは違う生活感あふれる朝食は、ともに暮らさない限り一緒に食べることのないものだ。

なんとなく、尻《しり》の据わりの悪い感覚が抜けない。

すぐに慣れるのだろうと、思うのだけれど、どうにもふわふわと落ちつかない。

向かいでトーストを齧《かじ》る男の表情をちらりとうかがう。もうずっとこの生活をつづけているかのような落ちつきぶりだ。

多少面白くない気持ちで、比呂也はオムレツをトーストにのせて頬張る。とろりとしたオムレツが香ばしい全粒粉パンと口の中で絶妙なハーモニーを奏でて、比呂也の眉間の皺を瞬く間に消し去った。

孚臣のつくるものは、スイーツにしろ日々の家庭料理にしろ、なぜこうも自分の味覚に合うのだろう。自然と頬がゆるんでくる。

ふと視線を感じて瞳を上げる。

コーヒーカップに手を添えて、こちらをうかがう男の細められた眼差しとかち合う。

ドクリ…と、心臓が小さな音を立てる。

「なんだ?」と問う声が喉の奥へ消えた。


どういうわけか、曜日によって人出には差があって、週半ばは比較的店は空《す》いている。昔のようにデパートが一律水曜定休なわけでも、美容院が火曜日休みなわけでもないのに、不思議なものだ。

姉夫婦が連れだってやってきたのは、そうした手隙の時間だった。姉は店の様子をわかっているから、わざわざその時間帯を選んできてくれたのだろう。

「出歩いて大丈夫なのか?」

「病院の帰りよ。順調だから心配しないで」

姉の腹はまだ目立っていない。自分に甥《おい》っ子か姪《めい》っ子ができることになるのだが、いまはまだ実感が湧かないというのが正直なところだ。

「せっかくうまくまわりはじめたところで、私が手伝えなくなっちゃって、ごめんね」

孚臣を新たなパティシエに迎えて、滞っていたものがすべてうまくまわりはじめた矢先だったのに…と、姉が詫びる。

「狭い店だからなんとでもなるし、今日はたまたまいないけど、厨房のスタッフは製菓学校から研修生やバイトをその都度調達できるから平気だよ」

だから、自分の身体のことだけを考えていればいいと、比呂也は身重の姉を気遣った。

「お店、相変わらず繁盛してるみたいだね」

「おかげさまで。パティシエの腕がいいですから」

義兄の言葉に、厨房を示しながら返す。姉夫婦が来ていることは知らせているものの、孚臣は自分の城ともいうべき厨房から出てこない。

「私にも食べられるもの、何かみつくろってくれる？」

「僕も。ふたりにおまかせで、お勧めをもらえるかな」

お腹に新しい命を宿した姉には、口にしていいものと悪いものとがある。だが義兄は健康なうえ、弟の影響なのかもともと甘いものが好きだから、食べたいものを食べればいい。

まさしく、比呂也が《patisserie la santé》を開こうと考えたときのコンセプトにぴったりの客だ。

「かしこまりました」

オーダーを承っていったん下がり、厨房にこもる孚臣に姉夫婦の希望を告げる。

だが、比呂也が顔を覗かせたときには、孚臣が向かう作業台の上にはすでに、プレーティング途中のスイーツが二皿並んでいた。ふたりの希望にかなう品だ。

それを見て、比呂也はドリンクにとりかかる。姉には女性向けブレンドのハーブティーを、兄には、濃厚なスイーツに合わせて少し濃いめに淹れたオーガニックコーヒーを。

比呂也がドリンクの準備を整え終えたタイミングで、孚臣もプレーティング作業を終える。ふたりぶんのドリンクをトレーにのせた比呂也は先にホールに出た。

「姉貴にはハーブティー、義兄《にい》さんにはコーヒーね。ミルクはお好みで」

つづいて、両手に大皿を掲げて厨房から出てきた孚臣が、比呂也の傍らに立って、ふたりの前にそれぞれ皿を置く。そのタイミングに合わせて、比呂也が内容の説明をはじめた。

「米粉のキャロブタルト、ライスミルクのアイス添えになります。白砂糖のかわりに甘酒を、ココアのかわりにキャロブを使っていますので妊婦さんでも安心してお召し上がりいただけます。こちらのアイスも乳製品を使用せず、米からつくったミルクを使用しております」

比呂也の説明を受けて、姉は「わ…ぁ、綺麗ね～」と感嘆の声を上げる。

「よくあるこの手のスイーツってもっと地味なのに、孚臣くんのは本当に華やかで、普通のケーキと変わらないわ」

義兄の孚妥《たかやす》も安堵の顔で、新妻に微笑《ほほえ》みかけた。

「こちらはブルーシェーブルのタルト、蜂蜜《はちみつ》アイス添えになります。ベイクドチーズケーキには、ナチュラルな環境で放牧されている山羊《やぎ》のミルクからつくられたシェーブルのブルーチーズを、アイスには国産の非加熱蜂蜜を使っています。ケーキが濃厚ですから、コーヒーはよろしければブラックのままでどうぞ」

つづいて、兄の前に給仕した皿の説明をすると、義兄は目を見開いて、美しく盛りつけられた皿をしげしげと眺めた。

「ブルーチーズがケーキになるのかい？　しかもシェーブル？　へ…ぇ！　面白いねぇ！」

美味しいだけでなく、驚きとワクワク感を食べる人に与えられるのも、スイーツのすばらしいところだ。

「ブルーチーズと蜂蜜はよく合いますから。でもとても濃厚なので、好みがわかれるかもしれません」

「なるほど、だからブラックコーヒーなんだね」

大きく頷いて、孚妥はカトラリーを手にとる。それを見て、姉の比奈子《ひなこ》もフォークに手を伸ばした。

自分がつくった作品の説明を、すっかり比呂也に丸投げして、孚臣は傍らに佇むだけ。

だが、最初のひと口を口に運んだふたりの満足げな横顔を見て、口許をわずかに綻ばせる。寡黙な職人を仰ぎ見て、比呂也も口許に笑みを刻む。

その様子を見て、スイーツプレートに舌鼓を打っていた姉夫婦が、顔を見合わせてクスリと笑みを零した。

「……？　なに？」

それに気づいた比呂也が首を傾げると、姉に促された義兄が口を開く。

「いやぁ、孚臣は比呂也くんに頼りっぱなしだなぁって思ってね」

皿を運んできただけで、その他のことは全部比呂也に任せっきりで、その場にいるだけ。自分の作品だというのに、フォローをしようともしない。それはつまり、比呂也の説明が十二分なものである、という意思表示だと、兄は弟の態度を理解したらしい。

「阿吽《あうん》の呼吸ね。私たちよりずっと夫婦って感じだわ」

姉の言葉に、比呂也がぎょっと目を剝《む》く。傍らで孚臣も、さすがにゆるり…と目を見開いていた。だが姉夫婦は、自分たちの放った言葉の鋭さなど思い至らぬ様子で、無邪気にも見える顔で弟たちの店の味を堪能《たんのう》している。

「ちょっともらっていいかい？」

「ええ。美味しいわよ。私も味見したいけど、しばらくはおあずけね」

夫の皿を恨めしげに見て、姉はハーブティーを口に運ぶ。一方の義兄は、妻の皿からひと口拝借して、「美味い！」とひと言。あれこれ小難しいことを言われるよりも、純粋に嬉しい言葉だ。

孚臣は何も言わないけれど、そう思っていることを比呂也は知っている。

「でも、こうやって一緒にお茶ができるだけでも感謝だわ。お買い物に出て、ちょっと一休みしようにもお店を選ぶんだもの。妊婦って面倒なものなのね」

ハーブティーを置いている店は存外と少ないし、ジュース類にはシロップの甘みが先につけられてしまっていて、取り除くことができない場合も多い。結局保冷マグを持ち歩くよりなくなるのだと、姉は嘆息する。たまにはお洒落なカフェでお茶をしたいのに、と……。

「こんな素敵なスイーツを提供してくれる、優秀な弟たちに感謝感謝だ」

「ホント、そうね！」

ふたりのやりとりに笑みを浮かべて相槌《あいづち》を打ちながらも、比呂也は首筋をひやり…としたものが伝うのを感じていた。胸の動悸《どうき》を宥め宥めこの場に佇む自分とは対照的に、傍らの男はすでに落ちつき払った顔を取り戻している。この男は、なぜこうも堂々としていられるのだろう。

「比呂也くんと、仲良くやるんだぞ」

帰り際、義兄は孚臣の肩を叩きながら、そんなことを言った。

「兄弟になったんだもの、大丈夫よね」

姉はニコニコと幸せそうな笑みを浮かべて、比呂也の腕をぽんぽんと叩く。

何気にプレッシャーをかけてくれるな…と、胸中で呟くものの、姉夫婦に悪気などあるはずもなく、笑顔で頷くよりほかない。

「また来るわ」と、新婚夫婦は手を繋いで店をあとにする。ドアが閉まりきって、ふたりの姿が通りの向こうに消えてやっと、比呂也は深い息をついた。幸せでいいことだ…と、思う一方で、ぐったり感は否めない。

姉の幸せを壊さないためにも、孚臣とうまくやっていかなくてはならない。それがプレッシャーなのもあるが、それだけでもない。

自分たちの関係が姉たちにバレることなど、言わない限りありえないだろうし、今のところ孚臣ともうまくいっている。姻戚になったことで、越えなくていい一線どころか、二線も、三線も越えてしまった感はあるものの……。

「楽しみだな」

気持ちを切り替えて、比呂也はひとつ小さな笑みを零す。

「……ん？」

孚臣が、視線でなんだ？　と尋ねた。

「赤ん坊。女の子かな、男の子かな」

甥っ子や姪っ子は掛け値なしに可愛いと聞く。男でも女でも、叔父さんになるのが比呂也は楽しみだった。もちろん孚臣も同じ気持ちのはずだ。

「おまえ似の女の子」

返された言葉に、比呂也は目を丸める。

「なんで俺？」

実の両親よりも、祖父母や親の兄弟姉妹に似るケースが多いのも、よく聞く話ではあるが。

「美人、間違いなしだ」

比呂也に向けられた眼許が、ニヤリとした笑みを浮かべる。二の腕が触れるか触れないかの距離だから、振り仰いだ顔はすぐ間近にある。カッと頬が熱くなるのを感じた。

「何言ってんだよ。だったら……、……っ」

だったら、孚臣似の男の子なら、絶対にカッコいいに違いない。

思わずそんな言葉が口をついて出かけて、比呂也は慌てて口を噤《つぐ》む。

「……？　だったら？」

なんだ？　と訊かれて、比呂也はさりげなさを装って、孚臣から一歩距離をとった。

「い、いや、なんでもない」

テーブルの上を片付けようと踵《きびす》を返すと、後ろから二の腕を摑まれる。

「おい……っ」

いくら店内に客の姿がないからといって、店の正面は全面ガラス張りだから、店頭は外から見える。通りを行き交う人に見られたらどうするのか。

「まだ営業時間中だ」

孚臣の腕を振り払って、テーブルの上を片付けはじめたら、横から伸びてきた手に頤を捕られた。

「ちょ……、……っ！」

合わされた唇は、比呂也から抗議の言葉を奪っただけで、さしたる熱も残さないまますぐに離れた。孚臣は厨房に戻ってしまう。比呂也は、テーブルの上を片付けるのも忘れて、その場に佇んだ。

なんだろう。妙に恥ずかしい。

手の甲で唇を拭ったら、また顔が熱くなった。

この程度の触れ合い、いつものことなのに。

孚臣と暮らすようになって、はじめて一緒に朝を迎えたときのような気恥ずかしさだ。あれは急に生活スタイルが変わったからだと思っていた。

それとも、姉の顔を見たあとだから、動揺しているのだろうか。

だが、考えに耽《ふけ》っている余裕はなかった。比較的空いている曜日とはいえ、イートインの客もテイクアウトの客も、ありがたいことに途切れることなくやってくる。今日はスタッフの手が足りないから、比呂也はホールもレジも担当しなくてはならない。

一時的に静かになっていた店の空気を破ったのは、打ち合わせ先への手土産目的だろうか、スーツ姿のまだ若いサラリーマンだった。その応対をしている間に、イートインの客がやってくる。

孚臣の接客という稀有《けう》な事態に遭遇したのは、仕事の打ち合わせらしい雰囲気の、ピシリとした恰好の女性ふたり組だった。

いつもどおり笑顔で接客しながらも、比呂也は地に足のつかない感覚を消し去れないでいた。なんだか落ちつかない気持ちのまま、この日は閉店時間を迎えた。

比呂也が後片付けに取りかかったときには、孚臣はすでに明日のための仕込みの準備のおおかたを終わらせていた。

比呂也が売上計算を終わらせて自宅に上がると、ダイニングテーブルにはすでに夕食の準備が整っていた。酒の肴《さかな》になりそうな小鉢が数種類と、テーブルの真ん中に置かれた土鍋は炊き込みご飯だろう。醬油の焦げるいい匂いがしている。

料理に合わせて、この日は日本酒で晩酌をして、いつもどおり孚臣はキッチンを片付け、比呂也は洗濯と風呂の準備。先に湯を使って、髪を拭きながらリビングのソファでニュース番組を見る。

逞しい上半身を曝《さら》した孚臣が首からタオルを下げた恰好で風呂から上がって、ペットボトルのミネラルウォーターを手に比呂也の隣に腰を落とす。

いつもの手順だ。

孚臣の手が伸ばされるタイミングもわかっている。濡れ髪を梳くように長い指が項《うなじ》を擽って、引き寄せられ、口づけられる。

それから孚臣の部屋へ促されて、風呂から上がって着たばかりのスウェットを脱がされるのだ。

けれど今日は、孚臣の部屋の前で足を止めた。

「昨日もしただろ？　今日は……」

胸を押して距離をとり、自室に向かおうとする。それを引き止めるように腰に絡む腕。

「何を怒ってる？」

「別に怒ってるわけじゃない。ただ……」

気のりしないのだと、腕を振り払った。「疲れてるんだ」と視線を落とす。姉と兄の顔を見たあとで抱き合うのは、やはり気が咎《とが》める。

「孚臣？　おい……」

今夜は嫌だと言ったのに、半ば強引に孚臣の部屋に連れ込まれた。

「なら、こうしてればいい」

「え？　ちょ……」

ベッドに尻もちをついたら、そのまま引き倒されて、抗う間もなく逞しい肉体に押さえ込まれてしまう。

だが孚臣は、無理強いをしようとしたわけではなかった。リーチの長い腕が絡んできて、背中から抱きしめられる。

セックスが気のりしないのなら、抱き合って眠るだけでもいい。

そういう意味だと理解して……理解したまではよかったが、全身が発火するような羞恥《しゅうち》を覚えた。

「だったら、自分のベッドで寝りゃいいだろうがっ」

何もしないで寝るだけなら、大柄な男ふたりが、セミダブルのベッドでひっつき合って眠る必要はない。

「暴れるな」

軽く肘鉄《ひじてつ》を食らわしたら、動きを封じるように腰にまわされた手に指を搦め捕られて、身動き取れなくされた。

「孚臣？」

冗談だろう？　と背後にうかがいを立てたときには、比呂也の後ろ髪に顔をうずめるようにして、孚臣は寝入っていた。けれど、腕の拘束はゆるまないまま。

布ごしに伝わる体温が擽ったい。鼓膜に触れる寝息も……。

啞然とすることしばし、比呂也はひとつ大きなため息をついて、身体の力を抜いた。いろいろ諦めて、自分も瞼を閉じる。

そういえば、着衣のまま布団のなかで抱き合って眠るのははじめてだ。

ひとつベッドで眠るのは、情事後のけだるさのなか、自室に戻るのが面倒だからだとしか考えていなかった。それ以外の理由などないと思っていた。

その心地好い疲れがないままに、こんな恰好で眠れるわけがない。

瞼を閉じたときには、そんな諦めの心境でいたはずだったのに、思いがけずあっさりと睡魔は訪れた。深くて心地好い眠りだった。

5

TVや雑誌の取材は主に、開店前か閉店後、もしくは店が比較的空いている時間帯に、ほかの客に断って行われる。

この日は、グルメ情報誌の取材だった。週刊誌のような内容の薄っぺらい雑誌ではなく、拘りの品だけを厳選して紹介する、分厚くて写真も美しい永久保存版的なムック本に近い編集の月刊誌だ。

読み捨てられる情報誌ではなく、格のある専門誌からの取材依頼は、《patisserie《パティスリー》 la《ラ》 santé《サンテ》》の味が認められた証《あかし》と言っていい。

もちろん、企画主旨がしっかりしているものなら、どんな取材もありがたいけれど、売り込んで掲載がかなうわけではない、そのジャンルで認められた専門誌からとなれば別格だ。

情報誌などの場合は、ブツ撮り——定番商品か、もしくはその時期お勧めの一品の写真——か、せいぜい店内の様子がわかる一枚を写して終わり、という場合が多いのだが、さすがに専門誌となると撮影からして大がかりだ。まず、カメラが違う。

タウン誌などの場合、取材に来た編集者が、デジタルカメラで素人の域を出ない写真を撮って終わる場合がほとんどだ。とくに最近はカメラの性能がよくなったため、素人でもそれなりの写真が撮れてしまう。

だから、ジュラルミンケースに入った、カメラの機材一式を目にして、比呂也《ひろや》は驚いた。三脚を立て、店内の各所で露出――光の強さをはかり、セッティングをする。

ブツ撮りも大がかりだった。いかにデジタル化が進んでも、やはりプロカメラマンの腕にはかなわないということだろう。

ブツ撮りしたものとは別に用意したプレートを、ライターと編集者とに食べてもらって、それからインタビューとなった。下調べの段階で店の味はわかっているはずだが、やはり一番お勧めのものを味わってもらいたい。

孚臣《たかおみ》が用意したのは、定番のモンブランと、高級なマスカット・オブ・アレキサンドリアをふんだんに使った季節限定のタルト。

雑誌の編集には存外と時間がかかって、取材から掲載まで結構なタイムラグがある。だから、季節限定品を撮影されることに不安を抱いていたのだが、入稿期限ギリギリに取材を入れてもらうことで、雑誌を見て店に来てくれる客にも問題なく提供できるだろうと、最終的な判断を下したのは孚臣だった。

もちろん、定番品も限定品も世の美味いものを食べ尽くしているだろうグルメ雑誌の記者の舌を満足させたのは間違いない。

店の経歴とスイーツの内容を訊き尽くしたあと、記者のインタビュー内容は、パティシエである孚臣のみならず、オーナーの比呂也にまで及んだ。パティシエの経歴にとどまらず、オーナーである比呂也が、なぜ《patisserie la santé》を開こうと考えたのか、そのいきさつにまで話が及んで、本当に全部掲載してもらえるのか疑問に感じながらも、比呂也は両親の病気のことから全部を掻い摘んで話した。

だが、記者が一番興味を持ったのは、パティシエ交代劇のほうだったらしい。相棒ともいうべきパティシエを比呂也が捜し歩いた件から、孚臣がなぜ《patisserie la santé》で働こうと思ったのか、というあたりまでの話だ。

「おふたりの出会いについて聞かせてください」

そんなふうに訊かれて戸惑った。

「出会い？」

まさか、初対面でヤりましたと言うわけにもいかない。それ以前に、自分がストーカー被害に遭っていた過去も、語るのははばかられる。

どうしたものかと言葉を探していたら、記者の質問は孚臣に向いた。

「海外での修業を終えて帰国されたときに、ご自分の店を持つ選択肢もあったと思うのですが、なぜ《patisserie la santé》で働くことを選ばれたのでしょう？」

そういえば、その点について比呂也も詳しくは聞いていない。つくること以外に煩わされたくないとか、オーナーなんて柄じゃないとか、本音ともつかないことを言ってはいたが……。

孚臣が店にやってきたときは、ただ驚いて、けれどその腕に惚れ込んでしまって、オンとオフの切り替えがきかなくなるリスクと天秤にかけてもその腕が欲しくて、雇うことに決めた。

まさか、ヤる相手に困らないからなんてくだらない理由で、孚臣ほどのパティシエがその腕をふるう場所を選んだりはしないだろう。

どう答えるのだろうかと思っていたら、孚臣はいつもの寡黙さなどどこへやら、やたら饒舌《じょうぜつ》に話をはじめた。

「客の顔の見える環境で働きたいと思っていたときにオーナーと知り合いました。彼の語るコンセプトに共感して、自分のほうから雇ってほしいと売り込みました」

「ご自分から？」

「ええ。一本筋の通った考え方も、ありそうでなかったコンセプトも、難しいからこそやりがいがあると感じました。何より、オーナーの味覚のたしかさと繊細さに舌を巻きました。この人と一緒なら面白いことができると確信したんです」

いつもは必要最低限のことしかしゃべらないくせに。営業用に用意された文章であることは間違いないのに、何だか聞いているこちらのほうが恥ずかしい。

だが比呂也を唖然とさせてくれたのは、思いがけず取材に乗り気な孚臣の態度ではなく、「なるほど！」と手を叩いたあと、記者の放ったひと言だった。

「早瀬《はやせ》オーナーに惚れ込まれたわけですね！」

——……っ!?

はぁっ!?　と思わず目を剝きそうになって、慌てて口を噤んだ。

傍らで目を見開く比呂也に気づいているのかいないのか、孚臣は記者の言葉に頷いて、言葉を継ぐ。

「一国一城という言葉があるとおり、オーナーはこの店の城主……王様です。王様にご満足いただけるスイーツをつくるために、雇われパティシエは日々精進しているんですよ」

おどけた言い草に、記者が愉快そうな笑いを零す。普段は冗談なんて言わないくせに……いや、最初のときに、ガレット・デ・ロワの逸話を持ち出して、比呂也に王冠をかぶせて、茶化したことを言っていた。

「王様に忠誠を誓う騎士ならぬ、パティシエですか」

自分が口にした件《くだり》がいたく気に入ったようで、記者は手元のノートに書き留める。よもや掲載記事の見出しに使われたりはしまいかと、いささかの不安を覚えた。

妙なかんぐりをされても困る。今回は、比呂也も孚臣も顔出しをしているのだ。店頭でふたり並んで写真を撮られている。

だが、そんな不安を抱いているのは比呂也だけのようで、孚臣はますます記者を喜ばせる冗談を口にする。

「彼が女性だったら、とっくにプロポーズしていますよ」

それくらい、この店にもオーナーである比呂也にも惚れ込んでいるのだと、孚臣は記者に愛想のいい顔を向けて言った。

記者は、「まぁ！」と多少大袈裟《おおげさ》に反応してみせたあと、愉快そうに笑った。

対照的に比呂也は、絶句して孚臣の横顔を見つめるばかり。

その視線に気づいた孚臣が、顔をこちらに向ける。意図せず見つめ合う結果になって、比呂也はカッと頬が熱くなるのを感じた。

記者やカメラマンの前だというのに……。

「……天然タラシめ」

誤魔化すように、それだけ毒づくのが精いっぱいだった。いつだったか、自分も言われた言葉だ。

「おまえが女だったら、好みの顔だぞ」

ストライクゾーンど真ん中だ、などと冗談でやり返されて、比呂也はいささか芝居じみた大袈裟な仕種《しぐさ》で、濃い呆れの滲むため息をついた。馬鹿話には付き合っていられない、というポーズだ。

それを汲み取ってくれたらしい、記者が「仲がよろしいんですね」と笑う。

だが――。

「おふたりの関係がうまくいっているからこそ、《patisserie la santé》の味にはブレがないのだと、よくわかりました」

頷いていいのか悪いのか、よくわからない言葉で締めくくられて、比呂也の営業スマイルが引き攣《つ》る。

褒められている……はずなのに、なんだろう、この疲労感。


この日の夜。

比呂也は、孚臣が風呂から上がる物音を聞いて、リビングのソファから腰を上げていた。いつもなら、ベッドに向かうまでの時間を楽しむのに、そんな気にならない。セックスもせず、ただ体温を分かち合ってひとつベッドで眠るのなんて、もっと耐えがたい。

逃げるように自室に向かう比呂也を訝って、孚臣が追ってくる。

「比呂也？」

「もう寝る」

部屋のドアの前で追いつかれて、二の腕を摑まれる。

「熱っぽいのか？」

火照《ほて》った頬に手を添えられて、ふいっと顔を背けてしまった。本当に熱があるわけでも、湯の名残で火照っているわけでもない。

「ちょっと……取材が長かったから、疲れただけだ」

気遣う手を軽く払って、ドアノブに手を伸ばす。後ろから肩を抱くように引きとめられて、その手も払った。先日のように、ひとつのベッドで寝ようと誘われているとわかったからだ。

「今日は、ひとりで寝る」

それだけ言って、「おやすみ」とドアノブをまわす——その手に大きな手が重ねられて、後ろから顚を捕られた。

「……んっ」

寝際のあいさつにしては濃厚な口づけがもたらされる。うっかりその気になってしまいそうな、熱を煽《あお》るキスだ。

「おやすみ」

口づけが解かれて、肩を軽く押される。

開いたドアを背が押して、比呂也は自室に身を滑らせる。

「おや…すみ……」

ドアの閉まる音に、返す声が重なった。閉じたドアに肩を寄せて、比呂也はひとつ息をつく。

濡れた唇に指先を滑らせたら、ふいに膝から力が抜けた。

「なんで俺、こんなにおかしいんだ？」

深呼吸を繰り返して、身体の芯に灯った熱を振り払う。

ベッドに入ったら、妙に肌寒くて、ブランケットを身体に巻きつけて、無理やり眠った。


新商品の試作を急ぐ必要のない時期の定休日には、定番のすごし方がある。

雑誌やテレビなどに取り上げられたり、インターネットの口コミで評判のいい店を、ふたりで食べ歩くのだ。

《patisserie la santé》の評判がある程度固まってきて、雑誌記者いわく「ブレない味」をつくり上げることはかなったが、季節や流行《はや》りに合わせて味の調整はしていかなくてはならない。世間が何を求めるのかを敏感に汲み取ることも必要となる。そのための勉強も研究も一生つづくものだ。

だから、大半が評判倒れだとわかっていても、目につく、よく耳にする店には、足を運んで自分の舌で直接確認する。

この日のノルマは五軒。比呂也も孚臣もスイーツには目がないから、この程度の梯子《はしご》なら朝飯前だ。

美味い店に出会えるといい。そんな期待とともに、ふたりで吟味した五軒を、移動のしやすい順に巡っていく。

都心部は電車のほうが移動しやすいのだが、ついでにあれこれと買い込むことも多いため、まずは比呂也がステアリングを握った。

一軒目は、少し外れた住宅地に建つ一軒家のパティスリー。一日限定五組でアフタヌーンティーのサービスをしていると聞いて足を運んだ。

ひとつひとつ丁寧につくられたスコーンやサンドイッチ、プチフールはどれも一定レベル以上のものではあったが、薔薇《ばら》の植えられた庭の景色が素晴らしく、どちらかといえば味よりも場所の雰囲気を楽しみに行く店、という印象だった。

二軒目は、有名パティシエの弟子がスイーツ激戦区に新たに開いた話題の店。味のレベルは高かったが、師匠以上のものではなかった。だったら師匠の店に行ったほうがいい。

三軒目は、新たにオープンした商業施設内に初出店した、地方の名店。見た目の華やかさや洗練された美しさには欠けるが、どれも素直に美味いと言える味だった。職人の年齢ゆえか目新しさはなく古い印象は否めないが、安心して食べられる。

「これ、好きだな」

比呂也が感嘆を零せば、孚臣も黙って頷く。ここでは追加オーダーもして、レジ横に置かれていた焼き菓子も購入した。

四軒目に足を向けたのは、メディア露出も多い有名パティシエの名前を冠した、何店舗目になるかしれない新規オープンの店。こういった形態の店舗では、名前を冠したオーナーパティシエの下に弟子という名の何人もの無名のパティシエがいて、そのなかで優秀な人材が店舗を任されることになる。

本店にも系列店にも、比呂也も孚臣も何度か足を運んだことがあった。たしかに美味いが、大量生産に合わせてつくられた味だ。だが、今回新たに店を任されることになった若いパティシエは群を抜いて腕がいいと水面下で評判が伝わってきて、それなら食べに行く価値もあるかもしれないと意見が一致した。

平日の昼間、ティータイムから少しずれた時間だというのに、店は混んでいた。さほど待つことなく席に通されたのは、ラッキーだったのかもしれない。さすがに有名パティシエのネームバリューは違うと思わされる。

オーダー品の提供は、《patisserie la santé》のように美しくプレーティングされた状態ではなく、ショーケースに並ぶケーキを、テイクアウトと同じ状態——つまりはそのまま、皿にのせて出す方式だ。ケーキセットの場合は、選べるケーキとドリンクが限定される。ケーキセットをふたつと、追加でケーキをふたつオーダーした。

人気店で、他店よりはいくらか客層が幅広いとはいえ、それでもやはり男性のふたり連れは珍しいから目立つ。その上で、ケーキをふたつずつもオーダーして、そのケーキをつつき合い、向かい合って顔を突き合わせ、ひそひそと何かを話していればなおさらだ。

「たしかに、本店のより美味いな。レシピは同じはずなのに」

「作業のひとつひとつが丁寧なんだ。ちょっとした差が積み重なって、大きな味の違いになる。——こっち、食べてみろ」

孚臣が示したひとつを口に運ぶと、比呂也の記憶にある本店の味との差がより顕著だった。

「もったいないな。自分の店持てばいいのに」

「そう簡単にはいかない。師匠への義理もあるし、将来的に独立するにしても、有名店のネームバリューは成功への足掛かりだ」

パティシエの腕を惜しがる比呂也に、孚臣が業界の裏事情を諭す。

「わかるやつにはわかるだろ」

客はそんなに馬鹿ではない。プロでなくても、本当に美味しいものかそうでないかは、おのずと知れる。そう言うと、孚臣は「だったらいいが」と否定的に返してきた。

「誰もがおまえのような舌を持ってるわけじゃない」

判断基準は味だけでなく、店の雰囲気や見た目、何より耳から入る情報に大きく左右される。つまりは、流される。

「んー、そうかな。まぁ、美味いだけで人気店になれるわけじゃない、ってのはわかる話だけど」

「なんでもそうだ。演技が上手ければ人気俳優になれるわけじゃない。歌が上手ければ大ヒットを飛ばす歌手になれるわけじゃない。プラスアルファが必要だ。裏返せば、特別秀でて上手くなくても、何かひとつ光るものを持っていれば、人気を得ることはできる」

「そうだよなー。プロより数百倍カラオケの上手いやつなんて、そのへんにゴロゴロいるし」

またひと口ケーキを頬張って、比呂也は「うーん」と思考を巡らせる。

「そういう意味では、いまひとつ突出するものがない、かな」

若手パティシエの味をそう評価しつつも満足げな顔で、比呂也は孚臣の前の皿にもフォークを伸ばす。

「俺、こっちのほうが好きかも」

「じゃあ残りはおまえが食べろ。そっちは俺がもらう」

皿を交換して、残りを口に運ぶ。

リサーチ目的もあるが、半分は趣味。各地を食べ歩いていれば、口に合うものも合わないものも、あってあたりまえ。こうしていろんなスイーツと出会うのが楽しいのだ。

「あんまり美味そうに食うな」

フォークを置いた孚臣が、唐突にそんなことを言う。

「？」

何を言い出したのかと、コーヒーを口に運びながら視線で問えば、

「ヤキモチを焼きたくなる」

声を潜めて、意味深な言葉を返された。

「バ……っ、何言ってんだよっ」

思わずコーヒーに咽《む》せかけて、慌ててカップから口を離す。

「俺のつくるものが世界一、だろう?」

だから雇ったんじゃないのか、と茶化した口調で言われて、比呂也は思わず周囲を気にしてしまう。

「それ…は……」

そうだけど…と、口中で言葉を転がしたときだった。

店のドアが開いて新たな客が訪れ、その三人組が、比呂也たちの隣の席に通される。そのなかのひとりが、孚臣に声をかけてきたのだ。

「あれ? 野島《のじま》さん?」

呼ばれた孚臣は、コーヒーカップを持つ手を止めて、声のしたほうへ顔を向ける。

「あー、やっぱりそうだ! お久しぶりです!」

ふたりよりいくらか年下に見える青年が、ガバッと頭を下げた。そして連れの女性ふたりに「前に店で一緒だった先輩なんだ」と、孚臣を紹介する。

「日本で修業してたときの後輩だ」

孚臣は比呂也に、自分の言葉で青年を紹介した。そして比呂也のことも、短く紹介してくれる。

「へ…え」

そういえば、日本で修業していたときの話は、ほとんど聞いたことがない。

「今でも食べ歩きされるんですね！」

孚臣と隣り合わせの席に腰を下ろした青年は、嬉しそうに話をつづける。孚臣に「声がデカイ」と注意されてやっと、自分が同業者の店に来ていることを思い出したのか、肩を竦めて口を噤んだ。

しかし、憎めないキャラクターなのか、孚臣も不快な顔はしていない。集団のなかにひとりはいるだろう、元気者キャラの青年のようだ。

女性陣そっちのけで孚臣と話をしたい様子の青年だったが、孚臣の携帯電話が着信を知らせたことでそれを阻まれる。

隠されていないディスプレイには、仕入先の名。「急がせてたやつのことだな」と、孚臣は携帯電話を手に席を立つ。来月の限定メニューのために、孚臣が業者に探させていた食材についての連絡だろう。

孚臣が席を立って、うずうずとした様子を見せていた青年が、「あの……」と比呂也に声をかけてきた。

「《patisserie la santé》の早瀬さんですよね？　オーナーの」

孚臣は名前しか紹介していないのに言いあてられて、比呂也は驚く。雑誌等に顔を出すことはあるものの、実際に会ってもわからないのか、何も言われないことのほうが多いからだ。

比呂也が頷くと、なぜか連れの女性ふたりのほうが、「やっぱり！」と黄色い声を上げる。それを、「ちょっと黙ってろよ」と制して、青年が口を開いた。

「今度、お店にうかがってもいいですか？　自分、野島さんの作品食べてみたくて……」

ケーキを作品という。その何気ない言葉の使い方に、比呂也は好感を持った。この青年も職人なのだ。

「ぜひどうぞ。お待ちしています」

その言葉を聞いて、青年はホッと安堵の表情を浮かべる。孚臣の消えたほうをチラリと気にするそぶりを見せて、そして言葉を継いだ。

「みんな驚いてたんですよ。帰国したら師匠の店のオーナーパティシエになるもんだって思ってたから……急に《patisserie la santé》で働くことになったって師匠のところにあいさつに来たって仲間から聞いて……自分は丁度休みだったんで、その場には居合わせなかったんですけど……あの野島さんをいったいどうやって口説かれたんです？　師匠の店以外で働く気はないって、ほかからの誘い全部断ってたんですよ」

まだ少年の無邪気さの残る顔で、青年はけたたましく言葉を紡いだ。孚臣と偶然会ったことで興奮している様子だ。だが比呂也を驚かせたのは、青年の落ちつきのない口調ではなく、紡がれたその内容だった。

——……え？

師匠の店で、働く予定だった。そんな話、比呂也は聞いたことがない。

「師匠って……」

「KENZO WADAのオーナーパティシエ、和田貢造《わだけんぞう》さんです。先月、東京《とうきょう》駅にもお店を出されたんですよ！」

知っている。いや、この業界で働く者で、その名前を知らない者はいないだろう、パティシエ界の重鎮だ。

だが、孚臣の経歴書に、その名はなかった。ヨーロッパに渡って以降のぶんしか、修業店の名は書かれていなかったのだ。

「和田先生もさすがにお歳なので、野島さんが店を手伝うことになってたって、自分は聞いてました。先輩たちも、どうして早瀬さんのところに行ったんだろうってみんなが不思議がって……あ、いや、《patisserie la santé》は素晴らしいお店だと思いますけど……その……」

もごもごと言い訳をはじめた青年を安心させるように比呂也は微笑みかける。

店の格を比べられたからといって不愉快に感じたりはしない。そもそも店のコンセプトが全然違うのだから、同じ土俵で比べるほうがどうかしている。

それに、KENZO WADAのスイーツ、とくにオーナーパティシエの和田氏本人が厨房に

立つ本店の味は素晴らしくて、待ち時間の問題さえなければ、毎日だって通いたいほど。比呂也のなかでのパティスリーランキングの常に上位に位置する店だ。

その店で、孚臣が修業をしていたなんて、比呂也は知らなかった。優秀な弟子の多くが支店や系列店のチーフパティシエにおさまっていて、それぞれに特色のある店づくりをしているのは知っているのだが……。

初対面の日、孚臣は日本に帰ってきたばかりだと話していた。

だが、それ以前の話はなかった。

あのときにはすでに、師匠の店に勤めることが決まっていたということか。だったらなぜ、比呂也のもとに来たのだろう。

好条件で勤められたに違いない。その腕を師匠に買われていたのだとしたら、KENZO WADAの名前に縛られはするものの、ある程度の自由は利いたはずだ。つくりたいものもつくれただろう。その話を蹴《け》ってまで、《patisserie la santé》に来る理由が見当たらない。

それとも、この青年の知らない、何か事情があったのだろうか。だが、師匠と決裂したのなら、そういう噂話が広まっていてもおかしくはない。それがないということは、円満に話を断ってきたことになる。

――どうして……。

KENZO WADAの冠は、先の孚臣の言葉どおり、その後の足掛かりとしてかなり有効なはずなのに。

孚臣の性格を鑑《かんが》みれば、それが嫌だったとも考えられるが、師匠への義理を欠くような男ではない。

「KENZO WADAのスイーツは僕も大好きですよ。君も自分の店が持てるようになるといいね」

神妙な顔の青年に言葉をかければ、彼はしゃんっと背筋を伸ばして大きく頷いた。

「はい！　がんばります！」

こういう素直さが、修業時代にはプラスに働く気がする。彼はきっと、いいパティシエになるだろう。もう少し世間の波にもまれた方がいいようにも思うが、それはおいおい、嫌でも経験することになる。

通話を切った携帯電話を手にした孚臣が戻ってきて、どっかりと腰を下ろす。その様子に、隣の青年がビクリと肩を揺らす。パティシエに限らず料理人の世界は上下関係が厳しいから、先輩の一挙手一投足にも気を遣うのだ。

「うまくいったようだな」

一見、憮然《ぶぜん》として見えても、比呂也には孚臣が満足していることがわかっていた。それを聞いた青年が目を丸める。一緒に厨房に立っていた時期は短かったのだろうか。それともロクに言葉も交わせないほどに上下関係に差があったのか。

「報告は帰ってからだ。もう一軒残ってる」

「ああ。今から移動したら、予約の時間にちょうどいいかな」

五軒目は、デセールが評判のフレンチ料理店なのだ。ディナーコースの予約を入れてある。

「またな。おやっさんによろしく言っておいてくれ」

隣の青年に声をかけて、孚臣が腰を上げる。

「は、はい！」

青年は直立不動で腰を折った。

オーダーシートを手に、比呂也がレジに向かう。領収書をもらわなくてはならない。孚臣にキーを投げ渡して、その間に車を出しておいてくれるように頼んだ。

一連の動作を、言葉のやりとりがほとんどないままにふたりはこなす。阿吽の呼吸は、互いをよく知るからこそのものに、見る者の目には映った。

「野島さんと早瀬さん、付き合い長かったのかな」

呟いたのは、やっと緊張から解放された青年。

だったら憧《あこが》れの先輩が師匠の誘いを蹴って別の店に行った理由もわかるのだけれど…と、ドアの向こうに並んで消える長身を見送った青年は、「ううん？」と唸って首を傾げた。

五軒目のフレンチレストラン。

車で来ているからワインが呑めないのは残念だが、そのぶんデセールを楽しむつもりでコース料理に舌鼓を打った。

料理は美味かったし、デセールも評判に違《たが》わぬ繊細な味だった。新鮮な驚きはなかったが、何よりプレーティングの美しさが目を惹いた。孚臣には、得るものがあっただろう。比呂也は純粋に料理とデセールを楽しんだ。

帰りは、孚臣がステアリングを握った。

車窓を流れる街の明かりと車のライトを、比呂也は助手席で、瞳に映すでもなく頬杖をついて眺める。

酔っているわけではないのに、なんだか頭の芯に痺れるような感覚があって、思考を支配するのは、昼間に孚臣の後輩から聞いた話。

——『帰国したら師匠の店のオーナーパティシエになるもんだって思ってたから』

青年は、比呂也の知らない孚臣の過去を口にした。

——『師匠の店以外で働く気はないって、ほかからの誘い全部断ってたんですよ』

だったらなぜ、《patisserie la santé》で働こうと思ったのだろう。面接に来たときに詳しい話を聞かなかった自分を、いまさら後悔した。

必要ないと思ったのだ。孚臣の腕はたしかで、自分の理想をかたちにしてくれる、それだけの腕を持つパティシエであることは間違いなかった。だから、過去や経歴なんて、どうでもいいと思った。

――『俺の理想を、その腕でかたちにしてほしい』

比呂也の希望を、孚臣はかなえてくれる。

――『今日から、あんたが俺の王様だ』

あんなくだらないやりとりで、想い出のガレット・デ・ロワが引き金になったとはいえ、あっさりと採用を決めていた。

一夜限りだと思ったから、はめを外せただけだったのに。

結局ズルズルと、関係をつづけている。

――『こっち込みで、いいか?』

あの言葉に、魅力を感じたのは紛れもない事実で、下世話だと思いつつも、その手を振り払えなかった。

――『あの野島さんをいったいどうやって口説かれたんです?』

身体を使ったんだよ、と言ったら、あの青年はどんな顔をしただろう。そんなくだらない思考が過《よぎ》って、無意識に口許に笑みが浮かぶ。自嘲《じちょう》気味な笑みだ。

「どうした?」

「……え？」

静かなエンジン音しか聞こえなかった車内に、ふいに低い声が落ちて、比呂也は瞳を瞬かせる。

「食べすぎて眠いんだろう？」

最後の店で欲張ってバケットのおかわりなどするからだと言われて、比呂也はムッと口を歪めた。

「そんなガキじゃない。そっちこそ、居眠り運転するなよ」

腕組みをして、視線をフロントに向ける。

そして、話のとっかかりになればいいと、昼間のことを持ち出した。

「あの子、おまえのこと相当尊敬してるんだな」

四軒目の店でばったりと会った後輩のことだ。終始緊張しっぱなしで可哀想なくらいだったと言うと、孚臣は、「それは違う」と首を横に振った。

「おまえの営業スマイルにやられてただけだ」

「は？　なんだよ、それ」

数度瞳を瞬いて、「ああ、そうか」と、雑誌の取材を受けたときのことを思い出した。

「おまえ、俺の顔がどストライクだったっけ」

だからそんな印象を抱くだけのことで、客観的に見て自分の言い分のほうが正しいと思うぞ、と返す。上下関係の厳しい職人の世界で、ずっと上の先輩と直接言葉を交わせるのは、光栄かつ緊張することのはずだ。

「そんな常識も、ゆとり世代には通じない場合が多いがな」

「ひと括りにしてやるなよ」

素直そうないい子だったじゃないかと印象を語る。そして、より茶化した口調をつくった。

「女じゃなくて悪かったな」

笑いながら言って、しかし比呂也は、あることに気づき、言葉を切った。

――『女性だったら、とっくにプロポーズしていますよ』

取材のとき、記者に対して、リップサービスとしか思えない、らしくない冗談を言った孚臣。

――女……。

もしかして…と、比呂也はひとつの可能性に気づく。

比呂也と姉の比奈子《ひなこ》はよく似ている。比呂也からシャープさを削《そ》ぎ取ったら比奈子になり、比奈子の顔から丸みをなくしたら比呂也になると、言っていたのは親戚《しんせき》の叔母だったか。十数年も前の記憶だから、比呂也も姉も十代のころの話ではあるが。

「兄弟って、好みが似るものなのか？」

視線はフロントに向けたまま、そんな問いがポロリと零れ落ちていた。

「……？　なんの話だ？」

訝った孚臣が、こちらに視線を寄こす。その問いを無視して、比呂也は現状、勝手な思い込みでしかない言葉をボソリと口にしていた。

「兄貴に先越されて、残念だったな」

「……？　比呂也？」

いったい何を言い出したのかと、孚臣が眉間に深い皺を刻む。比呂也は「なんでもない」と話を切った。説明する気になれなかったのだ。

「前見て運転しろよ」

危ないじゃないかと、注意を促す。孚臣は怪訝そうな顔をしたものの、すぐに視線をフロントに戻した。

この夜、孚臣は誘いをかけてこなかった。比呂也が疲れていると思ったのかもしれない。

そのかわりに、先日の夜同様、キスだけ残して、自室に消えた。

触れるだけのキスが、動悸を呼ぶ。

抱き合うときに、情欲を昂め合うために交わすもの以外の口づけが、はたして自分たちの関係に必要だろうか。孚臣は、なぜ口づけるのだろう。

また新たな疑問がひとつ積み重なって、比呂也は小さく息をついた。

6

例の雑誌の取材は、本当に入稿期限ギリギリのスケジュールだったらしく、その月の後半にさしかかってすぐ、早々に店に見本誌が届いた。

該当ページを開いた比呂也《ひろや》の目に真っ先に飛び込んできたのは、派手な見出しでも、グラビア並みのクオリティの写真でもなく、その脇に小さな文字で記載された、孚臣《たかおみ》のパティシエとしてのプロフィールだった。

KENZO WADAの名もある。それからヨーロッパを渡り歩いて研鑽《けんさん》を積んだことも書かれている。

記者というのは、いったいどこからこういった情報を仕入れてくるのだろう。

そして、オーナーパティシエとして充分にやっていけるだけの腕と実績がありながら、今は《patisserie la santé《パティスリー ラ サンテ》》のパティシエをしているとも書かれている。

なんてもったいない、と言わんばかりの文章だ。もちろん、それほどロコツな書き方はしていないけれど。

見開きページで大きく掲載されているのは、厨房に立つ孚臣の姿。目線は手元に落ちているが、それがいかにも職人っぽさを出していて、雰囲気がある。

ふたりが並んで写された一枚は、店の場所や電話番号などの詳細データを記したあたりに、添え物のように掲載されていた。比呂也のことは「《patisserie la santé》のイケメンオーナー」と紹介されている。

孚臣の存在がなければ、客寄せパンダ的店長の存在くらいしか、ウリがない店のようだ。――などと、卑屈なことを考えてしまう自分を、らしくないな…と分析する心の余裕がないわけではないのに、どうにもマイナス思考でいけない。

ドアの開く音がして、比呂也は自分が今店に立っていることを認識する。訪れたのは、中年の女性ふたり連れだった。

「いらっしゃいませ」

微笑みとともに、接客に出る。

女性客は、物珍しげに店内を見渡していて、その様子からはじめての客だと知れた。比呂也は希望を聞いて、窓際の席へと案内をする。

ハーブウォーターと籐籠に入れたお手拭きをテーブルに置いて、メニューを開く。季節限定品の説明をして、下がろうとすると、女性客のひとりが「野島《のじま》さんはいらっしゃるのかしら？」と訊いた。

「パティシエの野島でございますか？」

「ええ。以前、和田《わだ》さんのお店にいらっしゃったでしょう？　今はこちらでパティシエをされてるって、つい先日雑誌で知ったの。だから来たのよ」

そう言って、連れの女性客と顔を見合わせ、頷き合う。

どうやら、孚臣が海外に修業に出る以前、ＫＥＮＺＯ ＷＡＤＡで下積みをしていた当時からのファンらしい。

「少々お待ちください」

いったん下がって、厨房を覗く。経緯を話すと、孚臣は思い当たる節がある顔でホールに出た。

途端に、近くの席の女性客が視線を向ける。パティシエが店に出てくるなんて珍しいこともあるものだと、己の幸運に感謝している顔だ。

テーブルの傍らに立った孚臣は、「お客さまでしたか」と笑みを見せる。「わざわざありがとうございます」と言葉を足すと、中年の女性客は「まぁ、お久しぶり！」と声を上げた。

「帰国されるのを待っていたのよ！　なのに全然戻らないからどうしたのかと思っていたら……雑誌を見たの。素敵に写っていたわよ」

「ありがとうございます」

紳士的に応対をする姿から、いつもの無愛想ぶりは想像できない。やればできるくせに…と、いつも自分に接客を任せっきりの職人に、比呂也は胸中で毒づいた。だが面白くないのは、孚臣

の態度だけではない。

「こちらのお店には、アレはあるのかしら？　私がいつもオーダーしていた……」

「ございますよ。私なりのアレンジを加えていますが」

「まぁ、楽しみ！　じゃあ、私はそれをいただくわ」

あなたはどうする？　と連れの女性に問う。比呂也が置いていったメニューをめくっていた連れの女性は、季節限定のムースとハーブティーをオーダーした。

「私はアールグレイね」

「かしこまりました」

孚臣は一礼を残してテーブルを離れ、厨房に戻ってきて、比呂也に「聞こえてたろ？」と確認をとる。

すでに手元のオーダーシートに書き込んでいた比呂也は、それを厨房のカウンターに置いた。

そして、指先でトントンと叩く。記入されたオーダーは、季節限定のムースとハーブティーと紅茶のみだ。

「アレって？」

問う声に不機嫌さが滲んでいることに、気づいているのは自分だけなのだろうか。

「ああ」

そうだったな…と頷いて、孚臣がショーケースから皿に移したのは、タルトタタンだった。艶やかな焼き色とリンゴの豊潤な香りが素晴らしい、素朴ながらも手の込んだ逸品だ。とくに最近、本格的なタルトタタンを出す店は少ないように思う。

白いプレートに盛りつけて、バニラビーンズを利かせたアイスとフレッシュなリンゴを飾りつければ、豪華なデザートプレートのできあがり、だ。

まずはドリンクをテーブルに届けて、それからスイーツプレートをそれぞれの前に。

「まぁ、綺麗！」

ご婦人方は歓声を上げて、目を輝かせる。

先に話をしていた女性は、さっそく一切れを口に運んで、「美味しい！」と感嘆の声を上げた。

「やっぱり野島さんの味ね。盛りつけもとっても綺麗だわ」

同じレシピでつくっていても、味に差が出ると、以前孚臣も言っていた。この女性の舌は、孚臣の味を覚えているのだろう。パティシエ冥利《みょうり》に尽きるというのは、こういうことなのかもしれない。

この店で、孚臣がつくったガレット・デ・ロワをはじめて食べたとき、比呂也はこれまでにないほどの感動を覚えた。孚臣の腕はそれほどのものだ。

だから、どんな有名店から引っ張りだこでもおかしくはない。けれど、これまで比呂也がそれを特別に意識したことはなかった。第三者の目を通して見る、パティシエ野島孚臣の評価が、はじめてそれを認識させた。

孚臣の腕を欲しているのは、自分だけではない事実。

孚臣は、《patisserie la santé》にとどまらずとも、どこでもその腕をふるうことができる。

それが不快なのだと、比呂也は自身の眉間に刻まれた縦皺の理由を理解した。


閉店後、比呂也と孚臣は、夕食もとらず店に残っていた。

先日の食べ歩きの成果を、試食会というかたちで試すためだ。

孚臣が新しい発想で新作を何点かつくり、比呂也が批評をする。それを何度か繰り返して、店に出せるまでに洗練させていく。

アイデアを盗むというより、今巷《ちまた》で何が流行っているのか、どういった素材が多く使われているのか、そういったリサーチ目的が主だから、食べ歩いたスイーツとまったく無関係に見える作品が大半だが、ときには孚臣流のアレンジを加えたものを試しにつくってみることもある。

今日は四品だ。まったく傾向の違うものが三つと、既存商品のアレンジ版がひとつ。別の素材を使って、旬のレア感を出してはどうかという比呂也のリクエストに応えたものだ。

ひと口ふた口で、味の判断をすることはできない。ひと口めの印象と、食べ進めたあとの印象とが違ってくることもままあるからだ。だから、試作品は全部食べる。満腹感で味覚を鈍らせないために、比呂也は夕食を抜いているのだ。

「タルト生地の粉の配合を変えてみた。スイートナーにはオーガニックハニーを使ってる。右と左で種類を変えてるからコクが違うはずだ」

品としては四品だが、バージョン違いで二種三種と出されることもあるから、最終的に比呂也の胃袋に収まるスイーツはその倍ほどにもなる。食べるのは苦ではないが、鋭敏な舌の感覚を持続させるのが難しい。

「生地のサックリ感は出てるけど、フィリングがもう少しかたいほうが俺は好みだな。蜂蜜は、右がユーカリかな……左のほうがクセがないから、アカシアかレンゲってところかな」

「さすがだな。右がユーカリで左はアカシアだ」

「ユーカリ蜜を使うんなら、フィリングをもう少しアッサリさせたほうがいいんじゃないか」

「特徴がなくなるぞ」

「ん～……」

自身の舌を頼りに、客の嗜好を探っていく。平均値を追い求めすぎるとありふれた味になってしまうし、かといって突飛すぎてもリピーターがつかない。

《patisserie la santé》の味の最終決定権は比呂也にある。

もちろん孚臣は、パティシエとして絶対的に譲れないラインを持っていて、完成度の高いものを出してくるけれど、店のコンセプトに沿うように、最後の微調整を指示するのはオーナーであり店長でもある比呂也なのだ。

だから、試食役は重責だ。

孚臣いわく繊細な味覚を発揮して、比呂也は鋭い指摘を投げる。

ところが、精神状態の不安定さが味覚にも影響を及ぼすのか、はじめこそ鋭敏な味覚を発揮して孚臣を唸らせていた比呂也だったが、徐々に集中力を欠きはじめた。試食が二品目、三品目と進むにつれ、孚臣の眉間に皺を刻ませる事態が何度か繰り返されるようになったのだ。

冴《さ》えない感覚にウンザリさせられたのは、思ったような反応を得られない孚臣ばかりではなかった。比呂也自身が誰より一番、ままならなさに苛立ちを覚える。

昼間の件が尾を引いていたのだ。

何がそんなにひっかかるのか、自分でも理解できないままに、比呂也は不快感を募らせていた。心の不安定が落ちつきを阻んで、集中力を剝ぎ、結果的に味覚を鈍らせる。己の不調の理由がわかっていたところで、そう簡単に気持ちをリセットできるものではない。

いつもなら自分の提案や問いかけに対して打てば響くように言葉を返す比呂也が精彩を欠いているのを、はじめこそ疲れているのかと気遣いながら見ていた孚臣だったが、気のない返答が繰り返されるに至って、さすがに我慢の緒が切れたらしい。

比呂也が事務的に手をつけようとしたタルトの皿を、フォークが刺さる直前で引いてしまう。

その行動にムッとさせられたのも束の間、叱責《しっせき》の言葉が飛んできた。

「やる気がないのか」

言われた比呂也は、眉間に深い皺を刻んで、向かいの男を見る。すぐ間近に厳しい表情を浮かべた見慣れた顔があった。

「なんだよ」

いったいなんのつもりかと、こちらも強い言葉を返してしまう。

「ちゃんと集中しろ。俺を落胆させるな」

「……っ」

集中力を欠いていた自覚があるだけに、余計に不快に感じる言葉だった。

なぜ自分が苛立っているのか、その原因を突き詰めれば、目の前の男に行きつくだけに、素直に詫びる言葉を口にすることができない。

「どうしたんだ？　らしくない」

孚臣も、少し言いすぎたと思ったのか、語調を弱めて訊いてくる。

「……なんでもない」

そう言われると、逆に問いかねた。——なぜ《patisserie la santé》に来たのか、と。

師匠の店で働くことになっていたのに、店を任せてもらえることになっていたのに、どうしてその話を蹴ったのか。

まさかこの身体が目当てだなどと、言うはずもない。パティシエとしての成功は、そんな下世話な欲とは別次元の話なのだ。

あの若いパティシエが知っていて、自分が知らなかったこと。

望んだわけではなくとも、義兄弟にまでなっておいて、孚臣が自分の口から語らないこと。

自分の存在は……ふたりの力で復活を果たした新生《patisserie la santé》は、孚臣のなかでどんな位置づけなのか。

気になるなら訊けばいいのに、比呂也の舌は固まった。

長嘆とともにフォークを置いて、むっつりと押し黙っていると、孚臣がテーブルを離れる。いったん厨房に入って、何やら作業をしていたが、すぐに白い皿を手に戻ってきた。

食べかけの皿が退けられて、そこへ新たに五つ目のプレートが提供される。盛られたものを見て、比呂也はゆるり…と目を見開いた。

「これ……」

皿には、真ん中に穴の空いたドーナツ状のパン。クリスマスリースのように美しく飾りつけられ、紙でできた小さな王冠が添えられている。

「これもガレット・デ・ロワだ」

孚臣が短い説明を口にする。

「ガトー・ド・ロワ……」

比呂也は、正しい名前を呟いた。

だが、比呂也が知るものより、ずっとサイズが小さい。本当に一般的なドーナツサイズで、知らない人は生地が特殊なドーナツだと思ってしまうかもしれない。

「さすがによく知っているな」

食べるように促して、孚臣は向かいの椅子に腰を落とす。だが比呂也は、小ぶりなガトー・ド・ロワを見つめたまま動けない。

パイ生地にアーモンドクリームを入れて焼くのが、王様のお菓子と呼ばれるガレット・デ・ロワの定番だが、南仏地方ではパン生地でつくるガレット・デ・ロワ——つまり、ガトー・ド・ロワが主流だ。もともとガレット・デ・ロワはパン生地でつくられていて、パイ生地のガレット・デ・ロワがつくられるようになったのは十七世紀に入ってからのことだと言われている。

「ガレット・デ・ロワは季節限定品だが、ガトー・ド・ロワなら定番にできるんじゃないかと思ったんだ。フェーブが入ってなければ、飾りつけを施したブリオッシュだからな」

たしかに孚臣の言葉どおりだ。

王冠をかたどって、ドーナツのように真ん中に穴の空いたかたちをした、華やかな飾りつけのブリオッシュは、一般的に認知されているガレット・デ・ロワとはまるで別物に見える。

けれど……！

「いやだ」

食べもせず、比呂也は首を横に振っていた。

オーナーとして店長として、却下の判断を下したわけではなく、単純に、感情的に「いやだ」と返した。

孚臣の目が眇《すが》められる。

「どういう意味だ」

自分を落胆させるなと言ったはずだ、ときつい語調で問われる。比呂也にしてみれば、実にデリカシーを欠いた言葉だった。こちらの気も知らないで…！　と言いたくなる。

比呂也にとってガレット・デ・ロワは、幼少時の想い出に繋がる特別なお菓子だ。そして、孚臣がはじめてこの店でつくってくれたケーキでもある。

その特別感を、どうして理解できないのか。このお菓子は、もっと特別に、大切に、扱われていいもののはずなのに……！

「ガレット・デ・ロワは公現節《エピファニー》で食べる特別なお菓子だ。一月中限定ならともかく、定番商品に入れるなんてありえない」

「その議論はひとまず置いた上で、味を見ろと言ってるんだ」

「美味いか不味いかの問題じゃない！」

比呂也の強い言葉に対して、孚臣は咎める視線だけで返してくる。納得のいく言葉が聞けなければ、こちらも引けないという意思表示だ。

同じガレット・デ・ロワとはいえ、目の前にあるのはガトー・ド・ロワで、正確には別物だ。

比呂也の想い出のなかにも登場しないし、孚臣が最初につくってくれたものとも違う。

それでも、ガレット・デ・ロワに分類されるものであることに違いはなく、比呂也をかたくなにさせる要素は充分といえた。

美味いに決まっている。

孚臣がつくったのだ。比呂也の口には間違いなく合う味になっているだろう。指摘する箇所なんて、いつもがそうであるように、まさしく重箱の隅。そのくらいしか文句のつけようがない出来栄えのはず。

だからこそ、手をつけられなかった。

口にしてしまったら、認めざるをえなくなる。それが悔しいのだ。大切なガレット・デ・ロワを、特別な扱いでなく店に出すなんて、比呂也には考えられない。

いったいなぜ、孚臣はこんな提案を寄こすのだろう。孚臣だって、ガレット・デ・ロワの由来は理解しているはずだし、日常的にガレット・デ・ロワを置いている店なんて、比呂也が知る限りは聞いたことがない。

違う名前をつけて置いていることはあるのかもしれないが、そうなると、それはまた別の話だ。

「比呂也」

諫《いさ》めるような声で名を呼ばれる。

なぜか心臓がドキリと跳ねた。

「どうしたんだ？　昼間も不機嫌そうにしていたな。何が気に入らない？」

昼間、ふたり連れの女性客に応対していたときのことを言っているのだ。客と自分にわからない話をする孚臣に、比呂也は不満の顔を向けていた。けれどそれは、自身の内の感情を整理するための表現であって、孚臣が気づくほど表に出ているとは思っていなかった。

「……べつに」

「べつにって顔じゃないな」

「俺の顔はいつもこんなだ」

低次元の言い合いに発展しそうな空気を、孚臣の嘆息が断ち切る。そして話の方向修正をした。

「俺は、店のためを考えて提案している。おまえはオーナーであり店長だ」

「……わかってる」

苦い声で返す。孚臣は、さらに語調を強めた。

「言いたいことはハッキリ言え。でないと、この先つづかないぞ」

義兄弟にまでなってしまったのだ。意見が合わないから、じゃあ辞めようか、というわけにはいかない。姉夫婦の関係にもかかわってくる。

問題は、小さな芽のうちに認識して、摘み取りたい。でないと、抜いても抜いても生えてくる雑草のように、はびこることになる。

「だから、べつに……」

言いたいことなんて…と、言葉を濁した。

言いたいこと、訊きたいことはあるのだが、それを口にすることに躊躇いがある。自分が訊いていいものなのかという不安もあるが、なぜ訊かなければ教えられないのかという不服もある。

「比呂也？」

こっちを向けと、落とした視線を上げさせるように、孚臣の手が頬に触れる。その熱が、比呂也の思考を瞬間的に沸騰させた。

バシッと高い音がして、気づけば孚臣の手をはたき落していた。さすがの孚臣も驚いた顔で比呂也を見ている。

「この前会ったおまえの後輩が言ってた」

比呂也は、口にするのを躊躇って、溜め込んでいた苛々を、とうとう吐き出した。

「……？　比呂也？」

怪訝そうにする男の目を見据えて、なぜなのかと疑問を爆発させる。

「おまえ、師匠の店で働くことになってたって！　店を任せてもらえることになってたんだろ!?　師匠にも気に入られてて、師匠の店以外で働く気なんてないって、ほかからの誘い全部断ってたそうじゃないかっ！」

本当なら、最初に聞くべき話だったのかもしれない。雇うときに、どうして志望したのか、確認しなかったのは比呂也の落ち度だ。孚臣が何も話さなかったのにも、深い意味はないのかもしれない。けれど、第三者の口から聞かされたのが、どうにも不愉快なのだ。

「――ったく、口の軽いやつだ」

長嘆とともに零れた呟きは、比呂也が指摘した件を、孚臣が意識的に話していなかったことを意味するものだった。

比呂也のなかで、何かが弾ける。

孚臣の経歴の問題だけではない。それ以前から抱えていた、ふたりの関係に対する違和感も、苛々を増長させた要因だった。

「そんなに尻軽に見えたのかよ」

口にしてみれば、そんな下衆《げす》な言葉でしかなかった。

毒づくように吐き捨てた言葉は、そのまま比呂也自身を傷つける刃《やいば》となった。孚臣は咎める眼差しで比呂也を捉える。

「……なに?」

何を言い出したのかと、その声は憤りを孕んでいた。だが、憤っているのはこちらのほうだと、比呂也は言いたい。

「ここなら、手軽にヤれる相手もいて、都合がいいとでも思ったのかっ!」

たしかに初対面でOKしたし、はじめてなのに抵抗なく孚臣を受け入れもした。だからといって、倫理観が薄いわけではない。

「バカなことを……」

くだらないことを言っている暇があるのならちゃんと仕事をしろと、孚臣はろくに取り合わない。

「なんのつもりだよ……！」

比呂也は、おさまらない感情をぶつけた。半ばソファから腰を浮かせ、両手をテーブルに叩きつける。徐々に、そもそも何にこれほど憤っているのか、自分でもわからなくなりつつあることに、気づいていたけれど言葉は止められなかった。

「あんな……雑誌見てわざわざ来てもらえるくらいの腕があって、うちじゃなくたって……どこでだって働けるのに……っ」

比呂也にとって、《patisserie la santé》にとって、もはや孚臣は必要不可欠な存在だけれど、孚臣にはほかにいくらでも選択の余地がある。

最良のパートナーだと思っていた。だからこそ、義兄弟になると知ったとき、躊躇した。外的要因によって関係が壊されるのを恐れたからだ。

疲れの滲む長嘆を吐き出したのは、孚臣だった。

その中心に比呂也を捉えた瞳には、静かだが強い感情が見てとれる。だが比呂也には、それがどんな感情なのかわからない。

比呂也の瞳に浮かぶ色からそれを理解したらしい孚臣は、「わからないのか？」と低く恫喝《どうかつ》するような声で訊いた。

ビクリと、比呂也の肩が震える。

見開いた瞳に映る孚臣は、これまでに見たことのない表情をしていた。

長身が腰を上げ、頤に手が伸ばされる。振り払おうとしたが、一瞬早く腰を引き寄せられ、搦め捕られて、逃げられなかった。

「……っ、……んんっ」

なぜこの状況で抱きしめられ、口づけられなくてはならないのか。

深まろうとする口づけを拒んで、のしかかる肩を押し返す。

「誤魔化すな！」

手の甲で唇を拭いつつ、吐き捨てた。孚臣は、スッと目を細める。その表情がやけに重くて、比呂也はつづく言葉を失い、口を閉じた。

静寂は、視線の攻防を意味する。

先に逸らしたのは孚臣だった。比呂也は呆然と見据えていたにすぎない。

「わかった」

もういい…と、今度は孚臣が吐き捨てる。そして背を向けた。

「頭を冷やしたほうがいい。おまえも、俺も」

常に冷静さを失わない頼れる落ちつきも、今は比呂也の神経を逆撫でるばかりだ。

いったい何が「わかった」のか。比呂也にはさっぱりわからない。先の問いにも、孚臣は何ひとつ答えていない。あらたな疑問をひとつ積み上げただけのことだ。

「どういう意味だよ？　孚臣!?」

追い縋ろうと手を伸ばすと、振り向いた孚臣にその手を捕られ、指と指を絡めるように握られる。だがすぐに、身体ごと押し返すように解放された。

「自分の頭で考えろ。おまえはそんなにバカじゃないだろう？」

それこそ野暮だ、と呟いて、孚臣は厨房に入ってしまう。そして、試作に使った材料や道具を片付けつつ言った。

「物足りないんなら、上で何かつくるぞ。リクエストがあれば……」

飄々と、まるで何もなかったかのようなその声音が、比呂也の我慢の限界だった。

結局何ひとつ答えないまま、比呂也の憤りにもろくすっぽ向き合わないで、そのくせあたりまえの顔で、孚臣は《patisserie la santé》の厨房にいる。

「もういい！」

吐き捨てて、テーブルを片付けもせず、比呂也は自宅に上がった。

はずしたギャルソンエプロンを丸めて叩きつけるように床に放り出し、自室のベッドにダイブする。

沸騰した思考を冷ますのは、容易ではないと思われた。

ぐるぐると巡るばかりで、より深みに落ちていく。

もはや《patisserie la santé》のパティシエは、孚臣以外考えられないというのに。

孚臣が辞めると言い出したら、そのときは店を閉めるしかない。どれほど探しても、孚臣以上に比呂也の理想を汲み取ってかたちにできるパティシエはいないだろう。

けれど、孚臣にとっては……。

孚臣にとっては、《patisserie la santé》に拘る理由はない。オーナーになれば、もっと自由にケーキをつくることができる。比呂也の重箱の隅をつつくようなチェックを受ける必要もない。

何を好きこのんで…と、訝る気持ちは消しようがなかった。

——なんでキスなんか……。

あの場面で、孚臣はどうしてあんなことをしたのだろう。いったい何が野暮だというのか。

思い出したら、頬が熱くなった。ますます思考回路が働かなくなった気がする。

自分はこんなに馬鹿だったろうかと、枕《まくら》に突っ伏した恰好で、比呂也はひとしきり毒づいた。

7

比呂也《ひろや》が足を向けたのは、KENZO WADAの本店だった。

今でも和田貢造《わだけんぞう》氏本人が厨房に立って、腕をふるい、弟子の面倒を見ていると聞く。彼のもとを巣立った多くのパティシエたちが、日本のスイーツ界を支えていると言っていい。

オープンとほぼ同時に店の前についたのに、もう並んでいる客がいた。イートインコーナーはさほどの広さではないから、すぐに埋まってしまう。

孚臣《たかおみ》のスイーツを食べに来た客が話していた、タルトタタンとアールグレイをオーダーした。孚臣のつくるものと何が違うのか、どう違うのか、たしかめたかった。

店内は静かな活気にあふれている。客席から厨房は見えないが、多くの職人が働いている気配があった。

ホールで接客にあたっているのは若い女性スタッフだった。パティシエではない。ホール係として雇われているようだ。専門の研修を受けているようで、完璧《かんぺき》な接客だった。

オーダーした品がテーブルに届けられる。

大きな違いは、まず見た目にあった。カットされたタルトタタンのサイズ、パイ皮に刻まれた飾り、プレーティング。

一切れを口に運ぶ。たしかに孚臣のつくるものとは味が違う。土台となったレシピが同じであることはわかるが、方向性が違う。わかる人にはわかる違いだ。

だが、比呂也が舌で感じていた違和感は、そうした味の差からくるものではなかった。

KENZO WADAの味は、このレベルだったろうか。店を開く以前は、支店や系列店が多いのもあって、食べ歩きのコースによく入っていた。だから、KENZO WADAの味はわかっているつもりでいた。

以前に食べたときほど、美味しいと感じない。

たしかに美味しいのだけれど、煌めきを感じない。スイーツは、その甘い香りと美しい姿で、見る者、食べる者を幸せにしてくれる。そのドキドキ感が希薄に感じられた。

ホール係を呼んで、追加オーダーを入れる。昔この店に何度か足を運んだときにお気に入りだった、スフレとスパイスの利いたチョコレートケーキ、それからどっしりと濃厚なチーズケーキも。

どれも記憶にある味と違いはない。なのになぜか、精彩を欠いて感じられる。その理由を考えながら黙々とフォークを口に運んでいたら、注目を浴びてしまったらしい、奥の厨房から様子見のためにパティシエコートを着た青年が姿を現した。

こんなオーダーの仕方をするのは、よほどの甘いもの好きか、視察に来た同業者くらいのものだ。同業者の場合、多くは普通の客を装って、あからさまにわからないようにするものだが、ときには堂々とした偵察もあるにはある。

比呂也自身は、味に気をとられていて、周囲の様子などまったく気にしていなかった。

座席のほとんどを埋める女性客の視線が、黙々とスイーツを頬張る二枚目に引き寄せられないはずはない。そして、そんな店内のいつもとは違う落ちつかない様子に、店のスタッフが気づかないはずもない。

比呂也の素性は意外なところからバレた。

「早瀬《はやせ》さん？　いらしてくださったんですね」

奥から出てきて、比呂也に声をかけてきた、パティシエコートを着た若い青年は、以前、孚臣と食べ歩きをしたときに、たまたま隣のテーブルに居合わせた、孚臣の後輩パティシエだった。

「君……」

「野島《のじま》先輩は一緒じゃないんですか？」

「あ、ああ……今日はひとりなんだ。以前はよく来たんだけど、久しぶりに食べたくなって」

「ありがとうございます！」

邪気のない青年は、ほかの客の目も気にせず、ガバッと頭を下げる。そのときになってやっと、比呂也は周囲の注目を浴びていることに気づいた。

そこへ、もっと視線を集めてしまう人物が姿を現す。

それに気づいた青年が、サッと表情を変えて背筋を正した。

この店のオーナーで、日本のパティシエ界の重鎮、和田貢造その人だった。たっぷりとたたえた口髭《くちひげ》が、なんともいえず雰囲気を醸している。

「いらっしゃいませ。お寛ぎのところを、うちの若いのがお邪魔をいたしまして申し訳ございません」

「いえ……彼のおかげで和田先生にお会いできました」

店内の落ちつかない空気に気づいて、様子を見に来たのだ。店を訪れる人が、味だけではなく店の雰囲気やスタッフの対応までふくめた総合点で店を評価することを、知っているからこその行動だろう。

「さきほど彼から聞きました。野島は今、そちらに世話になっていると」

「ごあいさつが遅れて申し訳ありません。《patisserie la santé》の早瀬と申します。野島さんは今、うちでチーフパティシエを務めてくれています」

「そうでしたか。やりたいことが見つかったからと言っておりましたが……まったく薄情な弟子でして、電話の一本も寄こしません」

言葉の内容とはうらはらに、語調はやさしい。和田は目尻にやさしい皺を刻んで、弟子の現状に安堵している様子だ。

孚臣のことだから、修業時代から型にはまらない問題児だったに違いない。だがその才能で、ひとより一歩も二歩も先んじて、師匠も苦笑しながら納得するよりなかったのだろう。

「店に顔を出すようにと言っておきます」

ほかの客が聞き耳を立てている場所で不用意なことも言えず、比呂也は当たり障りのない言葉を返す。和田は、「ごゆっくり」と腰を折って、若い弟子を促し、厨房に戻っていった。

その後ろ姿を見つめて、そして比呂也は気づく。

この店の味が変わったわけではない。精彩を欠いているわけでもない。

自分の舌が、変わったのだ。

比呂也の舌は、孚臣の味を求めている。雑誌を見てわざわざ訪ねてきたあの女性客のように、同じレシピであっても、孚臣の手が生みだすプラスアルファが、ただ美味しいだけではない何かをもたらすのだと……。

和田は何も言わなかったが、今でも孚臣の腕を欲しいと思っているに違いない。弟子の巣立ちを喜ばない師匠はいないが、手元に置きたいと思わせる存在もいるだろう。その眼鏡に、孚臣はかなっていた。

長く日本のパティシエ界を牽引《けんいん》してきた和田も年齢を積み重ねた。そろそろ現場に立つ時間を減らしたいと考えてもおかしくはない。そのためにも、自分の味を的確に表現し、しかしそれだけではないプラスアルファを加えて、師匠以上のものを生み出せるだけの力を持ったパティシエを欲した。

そのために、孚臣の帰国を待っていたのではないか。

なのに孚臣は、受けるはずだった師匠の誘いを断って、《patisserie la santé》に来た。師弟関係においては、通常はありえないことではないのだろうか。門下のパティシエたちにとっても驚きの事態ではなかったのか。だからこそ、後輩パティシエは、初対面の比呂也にあんな話をしたのに違いない。

そう考えると、比呂也は申し訳ないような、誰に言われたわけでもないのに責められているような気持ちになって、ゆっくりとスイーツを味わっていられなくなった。

皿に残ったものを口に放り込んで、コーヒーで食道へと押し流し、慌ただしく席を立つ。

精算をして、店の外に出て、足を止めた。

振り返って、KENZO WADAの立派な店構えに目を眇める。

孚臣の才能は、師匠をも越えるものだ。和田は何も言わなかったが、きっとわかっている。

店の外には、席待ちの列ができていた。テイクアウトの客は次から次へと店のドアに吸い込まれていく。

天才的な腕があって、その上で、これほどの名店の冠があれば、孚臣の名は瞬く間に広まったことだろう。

《patisserie la santé》で提供するような、拘りすぎた品は量産が利かない。だから、KENZ

OWADAのように、ひとつのレシピで多くのパティシエが商品をつくりだしていくようなやり方はとれない。

拘りすぎた品は、わかる人にはわかってもらえても、一般受けはしない。だから、テレビや雑誌に大きく取り上げられることがあったとしても、《patisserie la santé》がKENZO WADAのような発展を遂げることはありえない。

つまり、《patisserie la santé》にいる限り、孚臣の名は《patisserie la santé》の枠を超えられない、ということだ。

小さな店だからこそできることがある。

比呂也自身は、それを追求したくて、自身の拘りを詰め込めるだけ詰め込んだ店を開きたくて、《patisserie la santé》をオープンさせた。

けれど、そこに孚臣を縛りつけていいのだろうか。

義兄弟になったことで、孚臣はその腕に枷《かせ》をつけられたようなものだ。自分からは逃れられない。

多くの客を集めるKENZO WADA。その店は、ここだけではない。日本全国に、その名を冠した店がある。もしかしたら孚臣は、その頂点に立てるかもしれないのだ。きっと和田には、そのくらいの心づもりはあったはずだ。

――『今日から、あんたが俺の王様だ』

いや、違う…と、比呂也は胸中で呟く。

孚臣こそが、パティシエ界の王になるはずだったのだ。和田のもとで、その地位を確立できるはずだった。

――『俺の理想を、その腕でかたちにしてほしい』

そう言った比呂也に対して、

――『おまえの舌を唸らせてやるよ』

自信満々に孚臣は答えた。当然だ。その腕にはそれだけの裏付けがあるのだから。

どんな気まぐれを起こしたのか。

海外に修業に行ったときと同じ気持ちで、転々と店を渡り歩く一環のつもりで、《patisserie la santé》に腰かけただけだったのだろうか。

だというのに、思いがけない鎖――姻戚関係が生じてしまって、比呂也以上に戸惑っていたのは孚臣のほうだったのかもしれない。

どういうつもりなのかなんて、問うだけおこがましかった。

そう気づいて、比呂也は止めていた足を踏み出す。

その日一日、あてもなく街をブラついて、いつもの癖で何カ所か食べ歩きもして、けれどさしたる感動もないままに、時間だけがすぎた。

夜になって、比呂也はＫＥＮＺＯ ＷＡＤＡの店の前に戻っていた。

店にはＣＬＯＳＥＤの札が出ているが、店内に明かりはある。厨房では、明日のための大量の仕込みが行われている真っ最中だろう。

比呂也は、《patisserie la santé》のオーナー、早瀬比呂也の名を出して、和田を呼び出してもらった。

不躾《ぶしつけ》な訪問にもかかわらず、和田は昼間と変わらぬ穏やかな笑みをたたえて、比呂也の前に現れた。「どうなさいました？」と静かな声が問う。

「お忙しいところ、申し訳ありません」

非礼を詫びて、それから比呂也は、今日一日考えていたことを率直に口にした。

「弟子の野島さんのことで……今でも、彼に店を任せたいとお考えでしょうか？　もし彼が先生のもとに戻ることを了承したら、そのときは……」

皆まで言わずとも、和田は比呂也の言いたいことを汲み取ってくれた。ふむ…と顎髭を撫でて、少しの思案ののち、言葉を紡ぐ。

「野島は、私の多くの弟子のなかでも、突出した才能の持ち主です。彼を雇える器《うつわ》の店はほとんどないだろうと思っていますよ」

ズキリ…と、胸に棘《とげ》が突き刺さった気がした。

和田ほどの人物でなければ、孚臣の才能を活かしきれないと、言われたように感じたのだ。和田がどんなつもりで先の言葉を発したにせよ……。

「私も、野島さんの才能は、もっと大きな舞台で注目されるべきだと思います」

視線を落とし、ひそかに拳《こぶし》を握りしめて、そう返す。

だが、比呂也の言葉に対して、和田は「さあて、どうでしょうか」と呟くように言った。

「……え？」

比呂也は、落としていた視線を上げて、目尻に深い皺を刻む、業界の重鎮を見やる。

「本人はなんと申しておりますか？」

「いえ……その……」

孚臣には何も話していない。比呂也が勝手にやっていることだ。

今のままでは孚臣の才能を殺してしまうような気がして……今日一日ぐるぐると考えて、思いつきのままに和田を呼び出してしまった。

けれど、決して軽い気持ちでこんなことを言っているわけではない。孚臣が和田のもとに戻ることになったら、《patisserie la santé》は閉めなければならない。もうほかのパティシエを雇って、店をやる気にはなれない。

「《patisserie la santé》のケーキ、実はいただいたことがあります。以前のも、今のも」

和田の言葉に驚いて、比呂也は瞳を瞬く。視線の先、深い笑い皺に隠された瞳が自分を捉えている。

「大切に大切につくられたスイーツというのは、人を幸せにするものです。感動を与えるのは大舞台で演じられる有名役者の舞台ばかりとは限りません。小劇場で、客の目の前で演じられる迫力が、役者の情熱を伝えることもあるでしょう」

「和田…先生……？」

戸惑いに瞳を揺らしつつ、比呂也は和田の言葉を胸中で反芻《はんすう》した。意味は理解できるが、しかし……。

「職人というやつは偏屈でしてね。どれほど大きな仕事を与えられても、気が向かなければその気になりません。その逆もしかり、です」

やりたいと思った仕事なら、どれほどの時間も労力も惜しまず情熱を傾ける。多くの人に評価されずとも、たったひとりのために懸命になりもする。

信念に従って動くのが職人だ。もちろん正しく評価されなければ、原動力すら生まれないけれど、かといって金や名声に踊らされるようになれば、それはもう職人とはいえない。

「お話は承りました」

和田は、話を切るように、そう言った。

「じゃあ――」

それじゃあ、もとの話どおり、孚臣に店を任せてくれるのかと確認をとろうとすると、それを制される。

「ですが、すべては本人の意思次第。ひとまずは保留ということで、いかがでしょう」

たしかにそうだ。孚臣が和田のもとに戻ると言わなければ、何もはじまらない。

でも大丈夫だろうと比呂也は思った。経営者は自分で、雇い主も自分なのだ。比呂也が解雇を言い渡せば、孚臣は和田のもとに戻らざるをえなくなる。

「お時間をいただき、ありがとうございました」

深く腰を折って礼を尽くし、踵《きびす》を返す。

立ち去る比呂也の背を、和田は目を細めて見送る。

「言葉が足りんのも、職人の悪いところかもしれん」

そんな呟きを老パティシエが零していたことなど、比呂也が知るはずもなく、重い足取りで薄暗い街灯の下を歩いた。


駅いくつぶんを、徒歩で辿ったのか。

人の多いところに足を踏み入れるのが嫌で、電車に乗らず、比呂也は自宅に帰りついた。もはや、日付が変わろうかという時間だ。

店を通らず、裏にある住宅用の玄関から二階に上がった。

リビングには、明かりが灯っていた。アイランドキッチンに、孚臣の姿がある。

「……ただいま」

視線を伏せたまま通り過ぎようとしたら、「遅かったな」と呼びとめられた。そして、追及の言葉が紡がれる。

「今日一日どこへ行っていた？」

その語調が強くて、つい反抗的に返してしまった。

「どこだっていいだろ」

たまの休みなのだから自由にさせてくれと苦く吐き出す。今日は試作品の試食や新しい企画の打ち合わせもなかったはずだ。

すると孚臣は、あっさりと手の内を披露した。

「和田先生から電話をもらった」

「……っ!?」

驚いて顔を向けると、そこには厳しい表情の、パティシエでも義兄弟でもない、ひとりの男の顔がある。

「なんのつもりかと、訊きたいのは俺のほうだ」

そう言われて、比呂也はぐっと奥歯を噛んだ。

あの直後、和田が孚臣に連絡を入れたのだろう。戻ってくる気があるのかと訊いたのかもしれない。そのときに、比呂也の名を出して、比呂也がこんな話をしているぞ、と聞かされたのだ。

「俺は《patisserie la santé》を辞めるつもりはないし、いまさら師匠の店に行く気もない」

勝手に話を進めるなと、思ったとおりの反応。

比呂也は逃げるように視線を落とした。

「店を任せてもらえる。いずれKENZO WADAのトップに――」

「関係ないな」

言葉の先を遮るように言いきられて、反射的に視線を戻す。

「そのほうが、おまえのためだ」

本心からの言葉のはずなのに、吐き出す苦さはなんだろう。

「俺のため？　冗談だろ」

吐き捨てるように言われて、カッと頭に血が昇った。

「……っ！　ひとがせっかく……っ」

こちらの気も知らないで……！　と憤りを噴出させれば、

「せっかく？　恩着せがましい言い方だな。俺はそんなこと望んじゃいない」

ピシャリ！　と、それを封じ込められる。

だが比呂也は引かなかった。

「俺が望んでる。おまえはクビだ。和田さんのところへ行け！」

決定権はオーナーである自分にあるのだと、つまらない権威を振りかざす。

「新婚夫婦に水を差すつもりか？」

姉夫婦が気にするぞ、と言われて、

「なんとでも誤魔化せる」

ふたりの前でだけ関係を繕っていればすむ話だと吐き捨てた。

姉も兄も、下の兄弟を観察する目には長《た》けているものだ。だから、実際はそれほど簡単な問題ではないとわかっている。けれど今は、こう言うよりほかない。

「それで、俺ともこれっきり、ってわけか」

オーナーの一存で簡単にクビにするのかと、嗤《わら》いのこもった指摘。

「おまえより、もっと考えの合うパティシエを見つけたんだ」

孚臣の追及を振り払うために適当に口に上らせた言葉は、アッサリと綻びを看破されて、より強く追及される。

「どこのどいつだ」

「それ…は……」

言い淀《よど》めば、

「すぐにバレるような嘘をつくな」

呆れた声で言いきられた。

「……っ、嘘じゃ……」

反射的に否定しても、もはや今さらだ。

返す言葉を失って唇を噛む比呂也の傍らに、キッチンから出てきた孚臣が立つ。そして、堂々と言い放った。

「俺以上に、おまえの理想にかなった人間なんていないはずだ」

あまりにも不遜な言いぐさが、比呂也の思考を瞬間的に沸騰させる。

「その自信はどこからくるんだよっ」

胸を押し返すようにして言えば、その手を捕られ、強引に引き寄せられた。

「なに……っ」

振り払おうとする腕を搦め捕られ、腰を引き寄せられて、鼻先を突き合わせる距離で瞳の奥を見据えられる。

どういうわけか視線を逸らせなくなって、比呂也は孚臣の腕に捕らわれた。いったん抵抗を止めれば、あとはもう力強い腕に搦め捕られるのみだ。

そして落とされる、真摯《しんし》な告白。

「一目惚れだった、って言ったら、信じるか？」

「……え？」

比呂也は、驚きに目を見開いて、すぐ間近にある端整な顔をその中心に映した。

孚臣の目は、冗談を言っていなかった。

その声は、あくまでも真摯で甘い。

「惚れたやつのために、この腕を活かせる。惚れたやつが、俺のつくったものを幸せそうに食べる。それ以上に魅力的な場所なんてないだろ」

どうしたら、過去の経歴のなかのひとつでしかない店に戻れなどと言えるのかと、自分にとって《patisserie la santé》以上の店などないのだと、はじめて聞かされる孚臣の想い。

和田は孚臣にとって一生の師匠だ。それでも、孚臣を店に留《とど》めることはできなかった。それを成し遂げたのは比呂也だけだと、まっすぐに告げられる。

――『彼を雇える器の店はほとんどないだろうと思っていますよ』

和田の言葉が脳裏を過る。

あれは、自身への自嘲だったのだろうか。そして比呂也への賛辞……？

「兄貴には感謝してる。おまえとの間に、絶対に切れない絆《きずな》をつくってくれたんだからな」

肉体関係を持つ相手と兄弟になってしまうなんて、面倒なことになったと比呂也は感じた。わけのわからない苛立ちを感じた。だがそれは、オーナーとパティシエとして上手くいかなくなったときに、割りきれなくなるのが怖かったからだと今ならわかる。

前提にあるのは、孚臣との関係を壊したくない。ただそれだけの想い。

オーナーとパティシエで、セフレで、それだけのほうが、その程度のほうが、きっと長続きする。自分はそう考えていたのではないか。

その気持ちを代弁するかのように、孚臣が言葉を継いだ。

「なんのつもりか、って？　おまえとの関係を切りたくなかった。行きずりの関係で終わらせたくなかった。それだけだ」

それ以上の理由が要るのかと言われて、比呂也は目を瞠る。思わず息を呑んで、男の顔を凝視した。

「そんな…話……」

聞いてない…と、掠れた声が口中で転がる。

――『こっち込みで、いいか？』

なんて、比呂也に愛撫をしかけながら、軽い口調で訊いたくせに。

「最初に牽制《けんせい》されたからな。おまえに惚れたから店で雇ってくれなんて言ったら、門前払いだったろ」

だからこそ、孚臣はKENZO WADAでの経歴に触れなかった。話せば、絶対に師匠の申し出を蹴ったいきさつに話が及ぶだろう。なぜ？　と訊かれて、なんと答えるのか。だから意図的に経歴を隠した。

はじめて抱き合った翌朝、「楽しかったよ」「いい体験をさせてもらった」などと、連絡先すら教えず、その場限りにしようとしたのは比呂也のほうだと言われる。

店を訪ねれば再会できるとわかっていたから、孚臣は何も言わず、余裕のあるふりで見送った。

けれど、本当は引きとめたかったのだと告白された。あのままもう一度腕に抱いて、キスをして、本気になってしまったと告げたかったのだ、と……。

カッと頬が熱くなるのがわかった。

これまで、もちろん異性相手ではあるものの、それなりに恋愛経験も積んできた。いい大人になって、これほど恥ずかしい告白を経験するなんて、思ってもみなかった。

「搦め手でいくつもりだった。店もおまえ自身も、俺なしではいられなくして、そのころにはおまえの気持ちも……」

「か、勝手に決めるなっ」

恥ずかしすぎて、最後まで聞いていられなくて、言葉の先を遮る。孚臣の腕はしっかりと比呂也の腰を捉えていて、腕の囲いからは逃げられない。

不服気に眦《まなじり》を吊り上げる比呂也に、孚臣は悠然と容赦のない指摘を寄こす。

「おまえがカリカリしてたのはヤキモチだろ？　俺の全部を把握できていなかったことが腹立たしかったんだ。だからこその過剰反応だ」

あれしきのことで、あんなに怒ってイラついて、驚いたのはこちらだと逆に憮然とされた。

「ヤキモチなんて……っ、過剰反応ってなんだよっ」

「違うか？」

違わないはずだと、やはり自信満々に言いきられて、もはや絶句するよりほかない。

「……っ、くそっ」

苛立たしげに吐き捨てる。

悔しいけれど、そのとおりだ。

自分の知らない過去があったからって、それを本人ではなく第三者の口から知らされたからといって、何もあそこまでムキになって怒るようなことでもなかった。

今だから冷静にそう思えるけれど、あのときの比呂也には、積み重なる苛立ちをどうすることもできなかったのだ。

義兄弟などになってしまって、せっかく均衡を保っていた関係が崩れるのを恐れた。

次々と比呂也の理想をかたちにしてくれる孚臣の腕を信頼しきって、失うのが怖くなった。

そうした感情がどこからくるのか、考えるのが怖くなって、苛々が募った。

最初の出会いのときに、手順を間違えたことを、比呂也自身もわかっていたのだ。肉体関係などなければ、もっと単純な話だった。唯一無二の相棒として、《patisserie la santé》を切り盛りしていけばいいだけのことだった。

オーナーとパティシエとして出会っていたら、共に働く仲間として出会っていたら、やがて関係が変化して、思いがけない感情が生まれたとしても、これほど戸惑うことなく、受け入れられていたはずだ。

「おまえは見かけによらずはすっぱなタイプじゃないし、女にも誠実だ。そんなおまえが、どうしてあんなことをしたのか……考えたら答えはおのずと導き出される」

いくら成り行きとはいえ、比呂也が初対面の相手と簡単にベッドをともにするような人間ではないことはわかっていると諫める言葉。そんな尻軽だと思ったのかと憤った比呂也に対しての、答えとなる言葉だった。

だが、ずいぶんと勝手なことを言われている気がする。

大前提として、比呂也の心がどこにあるのか、孚臣の都合のいいように、勝手に決められているではないか。

「比呂也」

耳朶を、甘い声が擽る。

気恥ずかしさに駆られてふいっと顔を背けると、大きな手に頤を捕られた。

「逃げないってことは、俺の言ったとおりだと認めるんだな」

「な……っ、それ…は……」

勝手なことを言うな！　と絡む腕を振り払うのは簡単だ。なのに、それができない。

勝手なことを！　都合のいいように受けとるな！　罵《ののし》る言葉はいくらでもあるのに、事実心のなかではそう不満の声も呟いているのに、声にすることができない。

羞恥が舌を強張《こわば》らせているのだと、わかるから、諦めるよりなかった。

ひとつ嘆息して、比呂也は思い出し笑いに口許をゆるめる。

「思い出したよ」

「ん？」

なんだ？　と言葉の先を促されて、クスッと笑みを零す。

「しかめっ面して、ケーキ三つも食べてた。ヘンなヤツって思って、でもきっと俺と同じこと考えながら食べてるって、そう思った」

孚臣とはじめて会った店でのことだ。声をかけてみたい気持ちに駆られながらも、後ろ髪をひかれる思いで店を出た。そうしたらストーカー女と出くわしたのだ。

「運命だな。天の采配だ」

出会うべくして出会ったのだと、職人気質《かたぎ》な男らしくない甘ったるい発言。

「存外と気障《きざ》だよな、おまえ」

強面で、そうしたこととは無縁に見えるのに。パティシエなんて、甘くて可愛らしいものを生みだす男の脳味噌は、存外とロマンチシズムであふれているのかもしれない。

甘ったるいリップ音がして、比呂也は目を丸める。

不意打ちのキスに比呂也が目を白黒させている間に、孚臣はキッチンに入って、大きな皿を持ちだしてきた。それを、ダイニングテーブルに置く。

「ガレット・デ・ロワ……」

大きな焼き菓子が、美しい模様と甘い香りをまとって、堂々たる姿でそこにあった。紙でつくった金色の王冠が添えられている。

「店で出すためにつくったんじゃない。おまえのためだ」

比呂也に告白するためのアイテムとして用意しておいたものだという。比呂也のためにたっぷりの愛情を込めて、丁寧に丁寧につくった逸品だ。だというのに、これを用意して帰宅を待っていたところへ和田からトンチンカンな報告をもらって、孚臣は静かにキレていたのだ。

一カットを皿に盛って、比呂也の前に差し出す。

ダイニングとキッチンを仕切るカウンターに腰を下ろして、比呂也はフォークを取り上げた。

大きめの一切れを、口に運ぼうと入れたフォークは、硬い手ごたえに当たって邪魔される。しっとりとしたアーモンドクリーム《クレームダマンド》のなかから転がり出てきたのは、陶器製の小さなアイテムだった。

「フェーブ……」

ガレット・デ・ロワに欠かせない、幸福の象徴。

リングのかたちを模したフェーブが、白い皿の上に転がっている。なんという確率だろうか。はじめて孚臣のつくったガレット・デ・ロワを食べたときにも、比呂也はフェーブを当てているのだ。

「天啓だな」

孚臣は悠然とそう言い放って、比呂也の頭に王冠をかぶせ、そして軽いキス。

「王様に永遠の忠誠を」

冗談にしか聞こえない言葉で、比呂也の鼓動をさらに速めさせてくれる。

「……仕込みじゃないだろうな」

動悸を抑えながら、それだけ言うのが精いっぱいだった。

「全部ひとりで食えるなら食ってみろ」

五個も十個もフェーブが出てくるかもしれないぞ、と茶化されて、憮然と口を噤んだ。

「……遠慮しとく」

本当に偶然でも、孚臣の仕込みでも、もはやどちらでも構わない。

リング型のフェーブに込められた意味も、もちろん正しく受けとめている。

——気障野郎。

もう一度、心のなかで毒づいた。

「永遠に誓うのは、忠誠じゃなくて、愛、だ」

傍らに立つ男の襟元に手を伸ばし、胸倉を摑み寄せて、そして嚙みつくようにキスを返す。

身体を引き上げられ、抱き竦められて、頭にのせられていた王冠がテーブルに落ちた。持ち主のもとに戻るかのように、それはナイフの入れられたガレット・デ・ロワの上におさまる。

王様のお菓子は、何もかもお見通しの顔で、その場にある。黄金のクレームダマンドをまとったリング型のフェーブもそのままに。

その傍らで、ふたりは情熱的なキスを交わす。

心を通い合わせた相手との口づけは、砂糖をたっぷりと使ったスイーツより、何倍も何百倍も甘かった。


比呂也は、孚臣を自室へと誘った。

ずっと、孚臣の部屋で、そもそもはゲスト用だったベッドで、抱き合うだけだった。それは生活感をともなう空間で抱き合うことに、後ろめたさと怖さを感じていたからだ。

だからこそ、今は自分のベッドで抱き合いたかった。

言わずとも、孚臣は比呂也の気持ちを理解しているはずだ。孚臣の部屋へ向かおうとするのを比呂也が制して自室を示したときに、どこか嬉しそうな笑みを口許に浮かべていたから。

ベッドに倒れ込んだときには、すでに着衣のほとんどが剝ぎ取られたあとだった。少々乱暴に乱されたシャツとか下着とか、視覚の魔力がふたりの欲情を高めて、言葉もなく貪り合う。

呼吸を乱す口づけと、肌を這う手の忙しなさ、絡み合う下肢と、互いの腰に触れる熱。

出会いの日から今日まで、何度口づけたかしれない。身体だけの関係に口づけなど不要ではないのかと比呂也が戸惑う一方で、孚臣はいつも情熱的に口づけてきた。ときには恋人同士のようにじゃれ合うキスを、またときには征服者のように激しいキスを。

それに翻弄《ほんろう》されるたび、比呂也は戸惑いと同時に擽ったさを感じていた。それが幸福感であったことに、今ようやく気づく。

舌が痺れ唇の端から唾液《だえき》が伝うほどに口腔を貪った口づけが解かれて、愛撫が肌を伝い落ちはじめる。

首筋を舐め、鎖骨を食み、胸の突起に悪戯をしかける。親指で潰すように捏ねられ、敏感になった場所を舌に搦め捕られて、背筋が震えた。

「ん……ぁっ」

甘ったるい声が喉を震わせる。はじめてのときは、男の自分がこんな恥ずかしい声を上げるなんて…と、信じがたい思いで聞いた熱を孕んだ吐息も、今は深い快楽への呼び水だ。

引き締まった腹筋を伝った唇が臍を舐め、腰骨に触れて、比呂也は肌を擽る黒髪に指を滑らせる。そして、言葉で訴える代わりに、指を絡めて引っ張った。

「い…い、今日は…俺が……」

すぐ先に、眩暈《めまい》のような快楽が待っているとわかっていて、行為を止める。

これまで何度も抱き合っても、比呂也のほうから積極的に孚臣を求めることはなかった。孚臣も、比呂也に奉仕を強要したことはない。

けれど今日は、求めたかった。自分から、こうすることを望んだのだと、伝えたかった。言葉ではうまく表現できないことを、行動で示したかった。

だから、孚臣の手を止めて身体を起こそうとしたのだが、肩を押され、ベッドに戻されてしまう。

「魅惑的な申し出だが、また今度にしてくれ」

そう言って、愛撫を再開する。

「な……んっ」

自分が下手だとでも言いたいのかと、眼差しに不服を滲ませれば、愛撫の手はそのままに顔を上げた男は、宥めるように眦に口づけたあと、耳朶に低く囁いた。

「今夜はおまえを、思う存分貪りたいんだ」

自分の好きにさせろと、傲慢《ごうまん》に告げる情欲をたたえた声。

ゾクリとした、悪寒にも似た震えが首筋を突き抜けて、比呂也は背を震わせる。

肩に添えた手を捕られ、頭上に縫いつけられる。今一度深く咬《か》み合うキスを交わして、比呂也がぐったりとベッドに沈み込んだところで、再び熱い唇が肌を伝いはじめた。身体のラインを辿る掌の感触とあいまって、腰の奥に重い熱を生む。

先の口づけと愛撫とですでに昂った肉体は顕著な反応を見せ、先端から蜜を滴らせている。それを大きな手に握られ、煽るように扱かれて、比呂也は「ああ……」とため息のような喘ぎを零した。

太腿を割られ、局部が曝される。

「は……ぁっ！」

長い指に弄ばれていた欲望が、滑《ぬめ》った熱いものに包み込まれて、比呂也は背を撓らせ、声を上げた。

「ん…ぁ、あっ」

こうされるのがはじめてのわけではない。けれど、いつも以上に執拗な愛撫は、かつてない荒荒しさをまとって、比呂也を容易く頂へと押し上げる。

だが、あと少しというところではぐらかされ、かわりに与えられたのは、ヒクつく後孔への愛撫だった。

口淫《こういん》はそのままに、長い指が秘孔を割る。前から滴る蜜に濡れたそこはやわらかく蕩けはじめていて、埋め込まれた指に歓喜でもって絡みついた。

背を撓らせ、腰を震わせて、比呂也は身悶《みもだ》える。もっと強く激しくとねだるように黒髪に指を差し入れ、掻き乱す。

それに応えるように、欲望を舐る舌がきつく絡みつく。後孔を穿つ指は、感じる場所を容赦なく擦り上げる。

「う…ぁ、あっ、あぁ……っ！」

こらえる間もなく、腰の奥に溜まった重い熱が噴出する。だがそれは、比呂也の滑らかな肌を汚すことなく、孚臣の口中へと消えた。

情欲を嚥下《えんか》する生々しい音。長い指を咥え込んだ後孔が、そんなものにも反応して戦慄く。荒い呼吸に上下する胸の上では、舐られた突起が赤く染まってその存在を主張していた。

「い……っ」

後孔を穿たれたまま敏感になった突起をつねられて、内壁が戦慄く。

内部を掻きまわされ、胸を舐られて、放ったばかりの比呂也自身が瞬く間に力を取り戻す。腰の奥に溜まる熱は濃度を増し、しっとりと汗の浮いた肌を朱に染める。

「孚…臣っ」

嬲るような執拗な愛撫に耐えかねて、比呂也は掠れた声で攻める男の名を呼んだ。

「音《ね》を上げるには早いぞ」

いくぶんかの笑いを孕んだ声が耳朶に囁きを落とす。その間も、後孔を穿つ指は感じる場所を意地悪く刺激する。

「も……やめ……っ、早…く、しろ……っ」

男の肩に爪を立て、息も絶え絶えに訴える。こんな嬲るようなやり方は本意ではない。だが孚臣は、「貪りたい」と言った言葉どおり、比呂也を啼《な》かせることに喜びを見出《みいだ》しているようだ。

滴る汗が肌を伝う。

眦に溜まった生理的な涙が、限界に達して頬を伝い落ちる。それを淡いキスで吸い取られて、比呂也は熱い息を吐き出した。

指に嬲られる場所からは、濡れた厭らしい音が聞こえる。

一度放ったはずの欲望は、またも限界を迎えて戦慄いている。

のしかかる筋肉の重みが心地好いなんてどうかしている。そう思っても、喉を震わせる喘ぎは止まらない。それどころか、甘ったるく啜《すす》り啼くような声が混じりはじめて、比呂也は羞恥に身を捩る。

「比呂也」

間近から落とされる呼び声。

少しの不服を滲ませた瞳を上げれば、そこには真摯な光をたたえたやさしい眼差しがあった。

「愛している」

抱き合う意味を、単純な言葉で明確にされる。

身体だけの関係ではない。欲望の解消が目的ではない。

愛し合っているのだと、だからこそ感じるし、些細なことで不安になったり情緒不安定にもなるのだと、教えられる。

「俺も……愛してる」

初対面の日に、自分はきっと囚《とら》われていた。孚臣の言うような、一目惚れなんてわかりやすい感情ではなかったけれど、たしかにその存在に目を奪われていた。

いや、口づけられて、それを受け入れた時点で、すでに恋に堕《お》ちていたのかもしれない。無自覚だっただけで、でなければ、その嗜好もないのに、はじめて会った相手に身体を拓いたりなどしない。

「王様のキスは、専属パティシエだけのものだ」

荒い呼吸下にも精いっぱい茶化して、男の唇を舐める。孚臣は「余裕だな」と少し悔しげに言って、直後、埋め込まれていた指が引き抜かれた。

「は……ぁっ」

些細な刺激にも肌が震える。全身が敏感になっていて、触れる肌からも熱が伝わってくるようだ。

狭間に、熱く滾ったものがひたりとあてがわれる。

比呂也は艶めく瞳で男を見上げ、その首に腕をまわして、自ら引き寄せた。

じわり……と、狭い場所を押し広げ、埋め込まれる熱塊。

「孚臣……っ、あぁ……っ！」

ゆっくりと犯されるかと思いきや、一気に最奥まで貫かれて、比呂也は悲鳴にも似た声を上げた。

ズンッと衝撃が背筋を貫いて、咄嗟に広い背に縋る。指先が肌に食い込んで、傷を刻んだ。

「ひ……っ、あ……ぁっ、……あぁっ！」

根元まで埋め込まれた熱が深い場所を抉る。感じる場所を突かれて、激しい声が迸った。揺すられ、抉られ、揺さぶられる。

はじめ嬲るようだった抽挿がやがて荒々しさを増して、ついには激しく突き上げられた。

「や…ぁっ、あぁっ！　ん……ぁ、あっ！」

肌と肌のぶつかる艶めかしい音が鼓膜を焼く。

迸る嬌声は意味をなさず、汗に滑る背を懸命に抱き返すよりほかない。

「孚…臣……、孚臣……っ」

縋るものを求めて、男の名を呼びつづけた。

思考が真っ白に染まるほど激しい頂。

「あぁ……っ！　——……っ！」

同時に最奥で弾ける情欲。じわり…と細胞に染み込んでいく、背徳の証。

「……っ」

頭上から落ちてくる低い呻きが、比呂也の欲情を煽りたてる。

引きずる余韻。ビクビクと全身を痙攣させて、比呂也は半ば意識を飛ばす。だが、本気モードの恋人は、やさしく抱きしめて、これで許してはくれなかった。

「ひ……っ」

ズンッと、最奥を突かれる。

絶頂の余韻を残したまま、敏感になった肉体に、それは拷問といえる。

飛ばしかかった意識を引き戻され、比呂也は衝撃に目を見開いた。その視界に映る、獣の顔をした男の姿。

荒々しく逞しい、牡の欲情を隠しもしない顔が、比呂也の情欲をも焚きつける。

「孚臣……っ、ひ…ぁ、んんっ！」

再び最奥を突かれて、比呂也は髪を振り乱し、すぎた快楽に身悶える。

「気を飛ばすのはまだ早い」

不遜に言い放って、孚臣は比呂也の腰を抱え直し、突き下ろすように激しい抽挿をはじめた。

「あ……ぁっ、や…ぁっ、あっ、ひ……っ！」

いまひとたび、ともに頂へと駆け上る。

「孚…臣っ、あぁ……っ！」

ひしっと広い背に縋りついて、激しい揺さぶりに耐える。襲いくる喜悦はそれまでに知りえない深さと濃密さで、比呂也の思考を焼き切った。

「――……っ！」

声にならない声が迸る。背に食い込む指先が肌を抉って、甘い血の匂いが立つ。それが麻薬のように、五感を痺れさせた。

だがまだ終われない。

食み合うキスの合間にも、肉体は逸《はや》ったまま、次なる熱を求めて情欲を昂らせはじめる。

身体を入れ替えられ、上に乗せられた。

下から穿たれ、揺さぶられて、己自身へ奉仕する姿を視姦《しかん》された。

限界を迎えた肉体が、広い胸に倒れ込んだ。

言葉を発する余力もなく、荒い呼吸に胸を喘がせて、啄《ついば》むキスに応じる。男の髪を掻き乱して、それから深く口づけた。

朝はまだ遠い。

少しの遠慮も見せない恋人の瞳には、いまだおさまらぬ熱がある。そして比呂也自身も、内から湧き起こる濃すぎる情欲を持て余していた。

これをどうにかできるのは、目の前の男以外にいない。

「ガレット・デ・ロワ……」

「……ん？」

「食べておけばよかった」

腹が空いては戦はできぬ、とはよくぞいったものだ。

「スイーツは逃げないぞ」

この状況でそんな発言ができるとは、余裕ではないかと孚臣が苦笑する。

「おまえも逃げないだろ？」

喘ぐ唇に薄く笑みを浮かべて返せば、「まだまだ余裕がありそうだな」と、不遜な言葉が返された。

「や……ぁっ、あ…んんっ！」

休む間もなく、再び情欲の淵《ふち》へと落とされる。

喉が嗄《か》れても、欲望は尽きなかった。

思い合う相手と分かち合う快楽は底なしで、ふたりの情欲を煽りたてる。

いつ尽きるとも知れない欲望に、ふたりは抗わず溺れつづけた。

明日は店の営業日だ。朝から仕込みをして、開店準備をしなくてはならない。そんな、いつもなら絶対に忘れないことも、思考の彼方《かなた》へ追いやった。

ガレット・デ・ロワから転がり出た、リングを模したフェーブ。幸福の証。愛情の印。

今夜は比呂也が王様だから。

比呂也がそれを望むなら、どんな我が儘も、今だけ許されていい。

8

今日も《patisserie la santé《パティスリー　ラ　サンテ》》は繁盛している。

最近になって、平日でも午後のティータイムになると、席待ちの客が出るようになった。雑誌の威力というよりは、インターネットの口コミの威力のようだ。

テイクアウトの客はひっきりなしで、真面目《まじめ》に専属のホール係を雇おうかと考えている。比呂《ひろ》也《や》だけでは手いっぱいなのだ。

「お待たせいたしました。今月のスペシャリテと、北蕉《ホクショウ》バナナのタルトになります」

テーブルに給仕した皿には、華やかに飾りつけられたドーナツ型のブリオッシュ。もう一皿のほうは、甘みが強く稀少《きしょう》な北蕉種のオーガニックバナナを使った、シンプルだけれど拘りの逸品だ。

比呂也が孚臣《たかおみ》に溜め込んだ感情をぶつける要因となったスイーツ――ガトー・ド・ロワは今、今月のスペシャリテとして、人気を博している。

店に出すにあたっては、ガトー・ド・ロワではなく、ブリオッシュのお菓子という位置づけをより強調して、「プール《Pour》・マ《ma》・シェール《chere》」と名づけた。「大切な人へ」という意味だが、相手が男性の場合、「プール《Pour》・モン《mon》・シェール《cher》」となる。つまり、大切な人を女性に限定した上でのネーミングだ。

だが、この女性というのは、恋人のことではない。恋人を想定してもらってもいいのだが、孚臣が考えた相手はそうではなかった。あの日孚臣は、それを比呂也に提案しようとしていたのだ。なのに比呂也が、見ただけで否定してしまったから、話がこじれてしまった。

ガレット・デ・ロワは、比呂也にとって母の想い出の味。ガトー・ド・ロワは、ガレット・デ・ロワの原型ともいうべきお菓子だ。

――『来月、お袋さんの誕生日だろ?』

あの翌朝、孚臣の腕のなかで目覚めて、朝のまどろみを堪能していたとき、そう言われた。そして、比呂也は自分がいかに愛されているのかを再認識したのだ。

公現節《エピファニー》に食べるガレット・デ・ロワを季節外れに店に出すわけにはいかないし、何よりプレミアム感がなくなるのはいただけない。だから、少しかたちを変えて、感謝の気持ちをあらわしてはどうか。誰にわからなくてもいい。いわれを訊かれれば話せばいいけれど、メニューにもとくに記述する必要もないだろう。

けれどきっと、比呂也の両親は、比呂也とこの店の行く末を心配していたはずだ。姉夫婦の幸せな報告は夫妻に任せればいいことで、比呂也には比呂也なりのやり方で、現状を空の上の両親に報告してはどうか、と……。

顔が熱くて熱くてたまらなくなった。

情事の激しさゆえに起き上がれなくなって、店を臨時休業せざるを得なくなった——比呂也が寝ているうちに孚臣が店のドアに臨時休業の張り紙をしていた——気恥ずかしさなど吹き飛ぶほどの、それは幸福感だった。

もし評判がよかったら、来年の母の日——五月にもう一度、今月のスペシャリテとして再登場させたいと当初から考えていたのだが、それは実現することができそうだ。限定品で終わらせるのは惜しいという声が、常連客から上がることは間違いない。

水面下で孚臣が比呂也のためを思ってしてくれていたのは、ガトー・ド・ロワに関することだけではなかった。

ストーカー化していた女性客の件は、あのあと孚臣が知り合いの刑事——学生時代の同級生だそうだ——に相談してくれていたというし、比呂也がいくらかの落胆を覚えたあの雑誌の記事も、孚臣が手をまわして、比呂也の写真を小さく掲載させていたと、比呂也が聞き出したのもまた、情事後のベッドのなかだった。

言う必要のないことは言わない主義の無骨な職人も、さすがにベッドのなかでは気がゆるむらしい。積もり積もった不服をひとつひとつ口にした比呂也に対して、孚臣はこれまたひとつひとつ順に謎解きをしてみせた。

顔で売っているわけではない。だから、そういう書かれ方をするのは心外だと、編集者に釘《くぎ》を刺したのだ。簡単に要約された内容に間違いはないが、ようは比呂也が注目されるのが面白くなかっただけのこと。

妙なところで独占欲を働かせなくてもいいだろうに…と、比呂也は呆れたが、一方で擽ったくもあった。

あの日取材に来た記者も編集者も、次こそは比呂也と孚臣のツーショットを雑誌の特集ページにデカデカと掲載するのだと息巻いているらしいが、はたして実現するかは定かではない。

慌ただしい一日があっという間にすぎて、夕刻。

閉店時間が迫るこの時間帯は、テイクアウトの客は多いが、イートインの客はまばらとなる。

ドアの開く音を聞いて、比呂也はにこやかに声をかけた。——が、その声が、途中で戸惑いに掠れる。

「いらっしゃいま…せ……」

現れた人を見て、比呂也は慌てて厨房に声をかけた。——が、明日のための仕込みに専念する男の耳に届くはずもない。

やってきた客をひとまず席に通して、水とおしぼりを用意するついでに、厨房を覗く。

「孚臣！　ちょっと！」

「なんだ……」

トレーを片手に孚臣をホールに引っ張り出すと、比呂也が何を慌てているのかに気づいた孚臣が、ゆるり…と目を瞠った。

「先生……」

ふらりと店に現れたのは、KENZO WADAのオーナーパティシエ、孚臣の師匠の和田貢造《わだけんぞう》だった。

「やっとお店に食べにくることができたよ」

弟子にテイクアウトさせたケーキは口にしたことがあったが、店に来たのははじめてだと、眦の皺を深めてみせる。

「お勧めをいただけるかな」

そう言われて、孚臣は一礼を残し、厨房に消えた。比呂也は孚臣に確認をして、コーヒーを淹れる。

美しくプレーティングされたのは、ガトー・ド・ロワ……いや、プール・マ・シェールだった。

和田になら、名前の意味は理解できるだろう。孚臣が口にしようとしないのを見て、比呂也がそのいわれを説明した。

和田は、比呂也の言葉に耳を傾けながら、ゆっくりと弟子の作品を口に運ぶ。最後の一切れがその口に消えるまで、ひと言の感想どころか表情を変えることもなかった。

ふたりは、テーブル脇に肩を並べ、神妙な顔で和田を見つめた。静かな時間が流れて、コトリ…とコーヒーカップをソーサーに戻す音。

「シンプルだが、美味しいね」

フェーブのかわりに潜ませた大粒の豆の食感も面白い…と、頷く。

そして和田は、弟子ではなく比呂也に顔を向けて、こう言った。

「君になら、この頑固なパティシエの才能を最大限に引き出せるだろう」

私にはできなかったことだ…と、微笑みの奥に滲む少しの悔しさ。

「和田さん……」

「だから私は、彼を海外修業に出したんだ」

腕はいいものの、それを持て余しているようでもあった昔の孚臣は、自身の才能の活かし場所を求めて彷徨《さまよ》い歩いているように見えた。事実、孚臣はヨーロッパに渡ってからも、各地の店を転々としていた。

そんな男が辿りついたのが、《patisserie la santé》なのだと、和田は言う。

比呂也は、驚きと感動をもって、この言葉を聞いた。傍らで孚臣は、まるで悪戯が見つかった子どものような顔で、照れているのか喜びを素直にあらわせないのか、憮然としている。

「ありがとうございます！」

比呂也が深く腰を折ると、それに倣《なら》って孚臣も腰を折った。

仕事を抜きにしても甘いものが大好きらしい和田は、「もうひとつ食べてもいいかな」と、年齢に見合わぬ食欲を見せて、タルトタタンを追加オーダーする。それには紅茶を合わせて給仕すると、髭をまとった口許が満足げにゆるんだ。

閉店までの時間を、比呂也はテイクアウトの客をこなしながら、その隙間に和田と言葉を交わしてすごした。

孚臣は厨房に戻って、作業のつづきをしていた。

比呂也が店にCLOSEDのプレートを出して、このあと夕食でも…と誘おうとするのを断って、和田は領収書も切らず、精算をして店を出ていく。

その背を、ふたり並んで見送った。

店の明かりを落として、甘い香りの満ちる店の奥で、比呂也は背中から抱き竦められる。

「お墨付きをもらったんだ。気を抜けないぞ」

もう二度と、情事にかまけて臨時休業なんて許されないと、甘い言葉で背後の男を焚きつける。

同時に自分の心の帯も、締め直した。

「師匠を追い抜くのが、本当の師匠孝行だ」

もちろん、まだまだこれからだ…と、孚臣が自信満々に言う。

早瀬

「相変わらずの自信だな」

と呆れると、

「おまえがいるからだ」

と返された。

比呂也という指針がいるから、孚臣の腕が活きるのだ。どれほど腕がよくても、それだけでは成功はなしえない。

眦が熱い。比呂也を包み込む腕は、それ以上の熱をたたえている。

甘い香りに包まれて、甘いキスを受け取る。しっとりと食み合うそれは、比呂也の舌を満足させる、極上のデセールだ。

あとがき

こんにちは、妃川螢《ひめかわほたる》です。この度は拙作をお手にとっていただき、ありがとうございます。

今回は、担当様のリクエストで、甘〜いバニラビーンズの香り漂うパティシエものとなりました。——が、蓋を開けてみたらオトコマエカップルに仕上がってしまったので、あまり甘ったるい香りはしないかもしれませんが……。

カッコいい男性がスイーツを頬張っている姿に萌える女性って、意外と多くないですか？　強面の男性が実はスイーツに目がないと知れたときのトキメキはそれ以上？　なんて思ったりするのですがどうでしょう？

そんなところから、今回のキャラ設定を考えました。受けキャラは可愛い子ちゃんのほうがいいのかな？　と悩みもしたのですが……ここはやはり、カッコいいお兄ちゃんにスイーツを頬張ってもらいたい！　と考えて、現状のようなカップリングになりました。

実をいうと洋菓子より和菓子のほうが好きな私なのですが、でも、スタンドに盛られたアフタヌーンティーには、やはり萌えてしまいます。ガトーもサンドイッチもいいですが、アフタヌーンティーの主役は、なんといってもスコーンですよね。

だいぶ以前に、ネット上でとても美味しいスコーンに出会ったのですが、何度か通販したのちに、商品も販売店もネット上から消えてしまって……以来行方不明なのです。またどこかで出会えないものかと、ずっと思っているのですが……。

そういえば、《patisserie la santé》では、アフタヌーンティーはやってるのかな。作中に出てきませんでしたね。手間暇かかるので、きっと予約限定でオーダーを受けているのではないかと思います。

最後になりましたが、イラストを担当してくださいました、水貴《みずき》はすの先生、お忙しいところありがとうございました。

緻密な背景までしっかりと描いてくださる水貴先生には、いつも安心してお任せできるので、ラフを見るのが楽しみでなりません。もちろん、仕上がったイラストを見るのはもっと楽しみなわけですが……。お忙しいとは思いますが、またご一緒できる機会がありましたら、そのときはどうぞよろしくお願いします。

妃川の今後の活動情報に関しては、表紙見返し記載のURLをご参照ください。

皆様のお声だけが執筆の糧です。ご意見ご感想等、気軽にお聞かせいただけると嬉しいです。

それでは、また。どこかでお会いしましょう。

二〇十一年七月吉日　妃川　螢

NOVELS

ローズキーノベルズをお買い上げいただきましてありがとうございます。
この本を読んだご意見、ご感想をお寄せ下さい。

〒162-0814
東京都新宿区新小川町8−7
㈱ブライト出版　ローズキーノベルズ編集部

「妃川　螢先生」係 ／「水貴はすの先生」係

王様のデセール —Dessert du Roi—

2011年8月30日　初版発行

‡著者‡
妃川　螢

‡発行人‡
柏木浩樹

‡発行元‡
株式会社　ブライト出版
〒162-0813　東京都新宿区東五軒町3−6

‡Tel‡
03-5225-9621
（営業）

‡HP‡
http://www.brite.co.jp

‡印刷所‡
株式会社誠晃印刷

ISBN978-4-86123-163-6 C0293　Printed in JAPAN